Bianca

Carole Mortimer
Un trato con el enemigo

ⒽHARLEQUIN™

Editado por HARLEQUIN IBÉRICA, S.A.
Núñez de Balboa, 56
28001 Madrid

© 2014 Carole Mortimer
© 2015 Harlequin Ibérica, S.A.
Un trato con el enemigo, n.º 2372 - 11.3.15
Título original: A Bargain with the Enemy
Publicada originalmente por Mills & Boon®, Ltd., Londres.

I.S.B.N.: 978-84-687-5534-2
Depósito legal: M-34148-2014
Editor responsable: Luis Pugni
Impresión en CPI (Barcelona)
Fecha impresion para Argentina: 7.9.15
Distribuidor exclusivo para España: LOGISTA
Distribuidor para México: CODIPLYRSA
Distribuidores para Argentina: Interior, DGP, S.A. Alvarado 2118.
Cap. Fed./Buenos Aires y Gran Buenos Aires, VACCARO HNOS.

A mis seis maravillosos hijos.
¡Qué orgullosa estoy de vosotros!

Prólogo

NO TE preocupes, Mik, vendrá.

–¡Quita tus malditos pies de la mesa! –respondió bruscamente Michael ante la insolencia de su hermano sin, ni siquiera, molestarse en levantar la mirada de los documentos que se encontraba leyendo en el despacho de El descanso del arcángel, el aislado hogar en Berkshire de la familia D'Angelo–. No me preocupa.

–¡Ya, claro! –contestó Rafe con desgana y sin molestarse en bajar los pies del viejo escritorio de su hermano.

–No, no me preocupa nada, Rafe –le aseguró Michael con tono tranquilo.

–¿Sabes si...?

–¡Estoy seguro de que te habrás dado cuenta de que estoy intentando leer! –suspiró con impaciencia mientras miraba al otro lado del escritorio. Iba vestido formalmente, como de costumbre, con una camisa azul clara, corbata azul marino muy ceñida, chaleco oscuro y pantalones sastre; la chaqueta del traje la tenía sobre el respaldo de la silla de piel.

Siempre había sido motivo de broma en la familia que su madre hubiera elegido llamar a sus tres hijos Michael, Raphael y Gabriel como acompañamiento a su apellido D'Angelo, y los tres hermanos habían tenido que aguantar su buena ración de burlas cuando estaban en el internado. Eso ya no tenían que soportarlo tanto ahora que los tres pasaban de los treinta y que les habían sacado provecho a sus nombres haciendo que las casas de subastas y galerías de arte de Arcángel en Londres, Nueva York y París se convirtieran en las más prestigiosas del mundo.

Su abuelo, Carlo D'Angelo, se había llevado con él su fortuna al dejar Italia y se había establecido en Inglaterra casi setenta años atrás, antes de casarse con una chica inglesa y tener un hijo, Giorgio, que era el padre de Michael, Raphael y Gabriel.

Al igual que su padre, Giorgio había sido un astuto empresario y había aumentado la fortuna D'Angelo al abrir la primera casa de subastas y galería Arcángel en Londres, treinta años atrás. Después de jubilarse hacía diez años, su mujer Ellen y él se habían instalado de manera permanente en su casa de Florida y sus tres hijos habían aumentado al máximo su fortuna al abrir galerías similares en Nueva York y París, haciendo que ahora todos ellos fueran multimillonarios.

–Y no me llames «Mik» –le ordenó bruscamente mientras seguía leyendo el informe que tenía delante–. Ya sabes cuánto lo odio.

Por supuesto que Rafe lo sabía, pero consideraba que parte de su trabajo como hermano pequeño ¡era hacer de rabiar a su hermano mayor!

Tampoco es que tuviera muchas oportunidades de hacerlo ahora que los tres hermanos solían estar cada uno en las distintas galerías, pero siempre intentaban coincidir en Navidad y en sus cumpleaños; de hecho, ese día era el treinta y cinco cumpleaños de Michael. Rafe era un año menor y Gabriel, el «bebé» de la familia, tenía treinta y tres.

–La última vez que hablé con Gabriel fue hace una

semana aproximadamente –dijo Rafe esbozando una mueca.

–¿A qué viene esa cara? –le preguntó Michael enarcando una oscura ceja.

–A nada en particular. Todos sabemos que Gabe lleva de mal humor los últimos cinco años. Jamás he entendido esa atracción –se encogió de hombros–. A mí me parecía una cosita insignificante, con esos enormes...

–¡Rafe! le gritó Michael.

–... ojos grises –terminó Rafe secamente.

Michael apretó los labios.

–Hablé con Gabriel hace dos días.

–¿Y? –preguntó Rafe impaciente cuando quedó claro que su hermano mayor se estaba guardando algo.

Michael se encogió de hombros.

–Y me dijo que llegaría a tiempo para la cena de esta noche.

–¿Y por qué no has podido decírmelo antes?

Rafe bajó rápidamente los pies de la mesa y se puso de pie nervioso. Claramente irritado, se pasó una mano por su pelo negro mientras iba de un lado a otro de la habitación, con su porte alto y musculoso y ataviado con una camiseta ceñida negra y unos vaqueros desteñidos.

–Supongo que eso habría sido demasiado fácil –se detuvo para mirar a su hermano mayor.

–Sin duda –respondió Michael tan serio y con una mirada tan enigmática como de costumbre.

Los tres hermanos eran parecidos en altura, constitución y tono de piel; todos pasaban del metro ochenta y cinco y tenían el mismo pelo negro. Michael lo llevaba corto y tenía unos ojos marrones tan oscuros que resplandecían impenetrables con un brillo negro.

Rafe llevaba el pelo largo, lo justo para que se le rizara sobre los hombros, y sus ojos marrones tenían un brillo dorado.

–¿Y bien? –preguntó impaciente cuando Michael no añadió nada a sus previas palabras.

–¿Y bien qué? –su hermano enarcó una ceja con gesto arrogante mientras se sentaba relajadamente en el sillón de piel.

–¿Que cómo estaba?

Michael se encogió de hombros.

–Como has dicho, con el mismo mal carácter de siempre.

Rafe torció el gesto.

–Sois tal para cual.

–Yo no tengo mal carácter, Rafe. Lo único que pasa es que no tengo paciencia ni para las tonterías ni para los estúpidos.

Él enarcó las cejas.

–Espero que no me hayas incluido en esas palabras...

–Apenas –respondió Michael relajándose ligeramente–. Y prefiero pensar que los tres somos un poco... intensos.

Algo de la tensión de Rafe se disipó al esbozar una compungida sonrisa y asentir ante, probablemente, la razón por la que ninguno de los tres se había casado nunca. Las mujeres a las que habían conocido se sentían atraídas tanto por ese lado peligroso tan predominante en los hombres D'Angelo como por su riqueza. Y estaba claro que sobre esos cimientos no se podía asentar una relación que no fuera puramente... ¡o no tan puramente!... física.

–Tal vez –admitió con aspereza–. Bueno ¿de qué trata ese informe que llevas leyendo con tanto interés desde que he llegado?

–Eh...

–¿Por qué me da la sensación de que esto no va a gustarme?

–Probablemente porque no te va a gustar –Michael le pasó el documento por encima de la mesa.

Rafe leyó el nombre.

–¿Y quién es Bryn Jones?

–Participará en la Exposición de Nuevos Artistas que vamos a celebrar en la galería de Londres el mes que viene –respondió Michael lacónicamente.

–¡Maldita sea! ¡Por eso sabías que Gabriel volvería hoy! –miró a su hermano–. Había olvidado por completo que Gabriel te va a sustituir en Londres durante la organización de la exposición.

–Sí, y yo me marcho a París un tiempo –respondió Michael con satisfacción.

–¿Vas a intentar ver a la bella Lisette mientras estés allí?

Michael apretó los labios.

–¿A quién?

El tono desdeñoso de su hermano bastó para decirle a Rafe que la relación de Michael con la «bella Lisette» no solo había terminado, sino que estaba olvidada desde hacía tiempo.

–Bueno, ¿y qué tiene de especial ese tal Bryn Jones como para que hayas solicitado un informe sobre él?

Rafe sabía que tenía que haber una razón que explicara el interés de Michael por ese artista en particular. Había habido decenas de solicitantes para la Exposición de Nuevos Artistas que, tras su primer éxito en París tres meses antes a manos de Gabriel, se volvería a celebrar en Londres al mes siguiente.

–Bryn Jones es una mujer –lo corrigió lentamente.

Rafe enarcó una ceja.

–Entiendo...

–No sé por qué, pero lo dudo –le dijo su hermano con desdén–. A lo mejor esta fotografía te ayuda... –Michael sacó una fotografía en blanco y negro–. Les pedí a los de seguridad que descargaran la imagen de uno de los discos ayer –lo cual explicaba la granulada calidad de la fotografía–, cuando vino a la galería para entregarle personalmente su carpeta de trabajo a Eric Sanders –Eric era el experto en arte de la galería londinense.

Rafe agarró la fotografía para poder ver mejor a la joven que aparecía entrando por las puertas de cristal hacia el vestíbulo de mármol de la galería.

Debía de tener unos veinticinco años y el blanco y negro de la imagen dificultaba distinguir su tono de piel. Llevaba el pelo cortado por debajo de la oreja con un estilo muy desenfadado y parecía tenerlo de un color claro; su aspecto resultaba muy profesional con una oscura chaqueta y una falda a la altura de la rodilla a juego con una blusa blanca. Sin embargo, ¡ninguna de esas prendas lograba ocultar el curvilíneo cuerpo que se encontraba bajo ellas!

Tenía un rostro inolvidablemente bello, tuvo que admitir Rafe mientras seguía observando la fotografía: un rostro en forma de corazón, ojos claros, nariz pequeña y respingona entre unos pómulos altos y unos labios carnosos y sensuales con una delicada barbilla sobre la esbeltez de su cuello.

Un rostro muy llamativo y que le resultaba ligeramente familiar.

–¿Por qué tengo la sensación de que la conozco? –preguntó Rafe levantando la cabeza.

–Probablemente porque la conoces. Todos la conocemos –añadió Michael secamente–. Intenta imaginártela un poco más... rellenita, con unas gafas de pasta negra y una melena larga y pardusca.

–No me parece la clase de mujer por la que ninguno de nosotros se sentiría atraído... –dijo Rafe bruscamente mirando con suspicacia la imagen en blanco y negro que tenía delante.

–¡Ah, sí! He olvidado mencionarte que tal vez deberías fijarte bien en sus... ojos –añadió Michael secamente.

Rafe alzó la vista rápidamente.

–¡No puede ser! ¿Es posible? –miró la imagen con más atención–. ¿Estás diciéndome que esta belleza es Sabryna Harper?

–Sí –respondió Michael sucintamente.

–¿La hija de William Harper?

–La misma.

Rafe tensó la mandíbula mientras recordaba el escándalo producido cinco años antes, cuando William Harper había ofrecido un Turner supuestamente desconocido hasta entonces para venderlo en la galería de Londres. En condiciones normales el cuadro se habría mantenido en secreto hasta que se hubiera llevado a cabo la autentificación y los expertos la hubieran confirmado, pero de algún modo su existencia se había filtrado a la prensa sacudiendo al mundo del arte según iban extendiéndose las especulaciones sobre la autenticidad de la obra.

Por aquel entonces Gabriel estaba al mando de la galería londinense y en varias ocasiones había ido a la casa de los Harper para hablar sobre el cuadro mientras se estaba llevando a cabo el proceso de autentificación; allí había conocido tanto a la esposa como a la hija de William Harper y eso había hecho que le resultara el doble de complicado haber tenido que declarar el cuadro como una falsificación casi perfecta tras un extenso examen. Y lo peor fue que la investigación policial había demostrado que William Harper era el único responsable de la falsificación, tras lo cual el hombre había entrado en prisión.

Durante el juicio su esposa y su hija adolescente se habían visto acosadas por la prensa y la lamentable historia había vuelto a saltar por los aires cuando, cuatro meses después, Harper murió en prisión. Tras aquello, su esposa y su hija habían desaparecido.

Hasta ahora, por lo que parecía...

–¿Estás absolutamente seguro de que es ella?

–El informe que estás viendo es del investigador privado que contraté después de verla ayer en la galería...

–¿Hablaste con ella?

Michael negó con la cabeza.

–Estaba cruzando el vestíbulo cuando Eric pasó por delante con ella. Como te he dicho, me pareció reconocerla y el investigador logró descubrir que Mary Harper volvió a emplear su nombre de soltera semanas después de la muerte de su esposo y que se tramitó también el cambio de apellido de su hija.

–¿Entonces esta tal Bryn Jones es ella?

–Sí.

–¿Y qué tienes pensado hacer?

–¿Hacer con qué?

Rafe tomó aire con impaciencia ante la calma de su hermano.

–Bueno, está claro que no puede ser uno de los seis artistas que expondrán en Arcángel el mes que viene.

Michael enarcó las cejas.

–¿Y por qué no puede?

–Pues, por un lado, porque su padre entró en prisión por intentar implicar a una de nuestras galerías en un asunto de falsificación –miró a su hermano–. ¡Y además Gabriel fue a juicio y ayudó a meterlo ahí dentro!

–¿Y la hija tiene culpa de los pecados de su padre? ¿Es eso?

–No, claro que no, pero... con un padre así, ¿cómo sabes que los cuadros que lleva en su cartera son realmente suyos?

–Lo son –asintió Michael–. Todo está en el informe. Es licenciada en Arte y lleva dos años intentando vender sus cuadros a otras galerías sin mucho éxito. He mirado su carpeta, Rafe, e independientemente de lo que puedan pensar esas otras galerías, es buena. Más que buena, es original, y, probablemente, esa sea la razón por la que los demás se han negado a darle una oportunidad. Ellos salen perdiendo y nosotros ganamos. Tanto que tengo intención de comprar un Bryn Jones para mi colección privada.

–¿Entonces va a ser una de las seis participantes?

–Sin ninguna duda.

–¿Y qué pasa con Gabriel?

–¿Qué pasa con él?

–Lo avisamos repetidamente, pero se negó a escucharnos. Ella es la razón de que lleve cinco años de tan mal humor... ¿Cómo crees que se va a sentir cuando se entere de quién es en realidad Bryn Jones? –le preguntó exasperado.

–Bueno, creo que estarás de acuerdo en que, sin duda, ha mejorado mucho con la edad.

De eso no había ninguna duda.

–Esto es... ¡Maldita sea, Michael!

Michael apretó los labios firmemente.

–Bryn Jones es una artista con mucho talento y merece la oportunidad de exponer en Arcángel.

–¿Te has parado a pensar en las razones por las que puede estar haciendo esto? ¿En que pueda tener motivos encubiertos, tal vez una especie de venganza contra nosotros o contra Gabriel por lo que le pasó a su padre?

–Sí, también lo he pensado –asintió con calma.

–¿Y?

Se encogió de hombros.

–En este momento estoy dispuesto a otorgarle el beneficio de la duda.

–¿Y Gabriel?

–En numerosas ocasiones me ha asegurado que es adulto y que no necesita que su hermano mayor interfiera en su vida, ¡gracias! –dijo secamente.

Rafe sacudió la cabeza exasperado y comenzó a moverse por el despacho.

–¿No estarás pensando en serio en decirle a Gabriel quién es?

–Como te he dicho, en este momento no –le confirmó Michael–. ¿Y tú?

Rafe no tenía ni idea de qué iba a hacer con esa información...

Capítulo 1

Una semana después...

Estaba entrando en territorio enemigo ¡otra vez! Eso fue lo que pensó Bryn al detenerse en la acera frente a la fachada de la mejor y más grande galería y casa de subastas de Londres; el nombre «Arcángel» en letras doradas resplandecía bajo el sol sobre las anchas puertas de cristal. Unas puertas que se abrieron automáticamente cuando dio un paso adelante antes de entrar con paso decidido en el vestíbulo de altos techos.

Con paso decidido porque sin duda, para ella, estaba en territorio enemigo. Los D'Angelo, y Gabriel en particular, habían sido los responsables de romperle el corazón y de mandar a su padre a la cárcel cinco años atrás...

Pero ahora no podía pensar en ello, no podía permitírselo. Tenía que centrarse en el hecho de que los dos últimos años de rechazos durante los que había ido de galería en galería eran lo que la había llevado a efectuar ese desesperado movimiento. Los mismos dos años, después de haber salido de la universidad con su título, durante los que había creído que se iba a comer el mundo para acabar viendo que el reconocimiento que tanto ansiaba para sus cuadros era escurridizo.

Muchos de sus amigos de la universidad habían cedido ante la presión familiar y una situación económica apretada y habían entrado en el mundo de la Publicidad o de la Enseñanza en lugar de seguir su verdadero sueño de ganarse la vida pintando. Pero Bryn no. ¡Oh, no! Ella se había mantenido fiel a su deseo de ver sus cuadros expuestos en una galería londinense y de poder hacer que de algún día su madre se sintiera orgullosa de ella además de borrar la vergüenza del pasado de su familia.

Dos años después de licenciarse se había visto obligada a admitir la derrota, pero no teniendo que abandonar sus pinturas, sino viéndose sin otra opción que participar en el concurso de Nuevos Artistas de Arcángel.

–¿Señorita Jones?

Se giró hacia una de las dos recepcionistas sentadas detrás de un elegante escritorio de mármol rosa y crema, exactamente igual que el resto del mármol del vestíbulo. Varias columnas enormes del mismo material se prolongaban de suelo a techo con preciosas vitrinas de cristal que protegían los valiosísimos objetos y magníficas joyas expuestos.

Y eso era solo el vestíbulo; Bryn sabía por su anterior visita a la galería Arcángel que los seis salones que salían de ese enorme vestíbulo albergaban más tesoros hermosos y únicos y que había muchos más esperando a salir a subasta en el amplio sótano que se encontraba bajo el edificio.

Se puso recta, estaba decidida a no dejarse intimidar... o al menos a no dejar ver que se sentía intimidada... ni por la elegancia que la rodeaba, ni por la rubia y glamurosa recepcionista que debía de tener su misma edad.

–Sí, soy la señorita Jones.

–Linda –le dijo la joven al levantarse de detrás del escritorio y cruzar el vestíbulo con sus tacones negros de ocho centímetros resonando sobre el suelo de mármol para acercarse hasta una vacilante Bryn que aún permanecía junto a la puerta.

Bryn sintió que no estaba apropiadamente vestida con esos pantalones negros ajustados y la blusa de seda de flores que había elegido para su segunda reunión con Eric Sanders, el experto en arte de la galería.

—Tengo una cita con el señor Sanders —dijo en voz baja.

Linda asintió.

—¿Podría acompañarme hasta el ascensor? El señor D'Angelo me dejó instrucciones para que la llevara a su despacho en cuanto llegara.

Al instante, Bryn se puso tensa y sintió como si los pies se le hubieran pegado al suelo de mármol.

—Estaba citada con el señor Sanders.

Linda se giró sacudiendo esa perfecta melena rubia al darse cuenta de que Bryn no la estaba siguiendo.

—Esta mañana es el señor D'Angelo el que está realizando las entrevistas.

A Bryn se le había secado la garganta y le costaba hablar.

—¿El señor D'Angelo? —logró decir con un tono agudo.

La mujer asintió.

—Es uno de los tres hermanos propietarios de esta galería.

Bryn sabía exactamente quiénes eran los hermanos D'Angelo, pero no sabía a cuál de ellos se refería Linda al decir «señor D'Angelo». ¿Al altivo y frío Michael? ¿Al arrogante y vividor Raphael? ¿O al cruel Gabriel, que se había apoderado de su ingenuo corazón y lo había pisoteado?

En realidad no importaba cuál de ellos fuera; todos eran arrogantes y despiadados y no se habría acercado a ninguno de no ser porque estaba desesperada y decidida a participar en la Exposición de Nuevos Artistas del próximo mes.

Sacudió la cabeza lentamente.

–Creo que ha habido un error –frunció el ceño–. La secretaria del señor Sanders me llamó para concertar la cita.

–Porque en ese momento el señor D'Angelo estaba fuera del país –respondió Linda.

Bryn no podía más que mirar a la otra mujer preguntándose si sería demasiado tarde para salir corriendo...

Gabriel apoyó los codos sobre el escritorio mientras miraba en su portátil la pantalla de la cámara de seguridad del vestíbulo.

Había reconocido a Bryn Jones en cuanto había entrado en la galería, por supuesto. Había visto cómo había vacilado antes de esbozar un gesto de confusión y quedarse absolutamente paralizada mientras Linda le hablaba. Así había sido sencillo detectar el momento en el que le habían comunicado que esa mañana no se reuniría con Eric.

Bryn Jones...

O, mejor dicho, Sabryna Harper.

La última vez que la había visto había sido cinco años antes, día tras día al otro lado de una sala de tribunal abarrotada. Ella lo había observado y con aversión tras unas gafas de pasta oscuras con una mirada brillante pero aterciopelada. ¡Y lo había mirado mucho!

Sabryna Harper solo había tenido dieciocho años en aquel momento. Tenía una figura voluptuosamente redondeada, una actitud algo torpe y tímida, una melena castaña clara y sedosa y lisa que le llegaba a los hombros, y unas gafas de pasta oscuras que hacían que sus ojos se vieran grandes y vulnerables. Una vulnerabilidad por la que Gabriel se había sentido inexplicablemente atraído.

Su figura se había estilizado hasta alcanzar una esbelta elegancia que se podía apreciar bajo esa blusa de seda y esos pantalones ajustados. Parecía como si le hubiera añadido unos reflejos rubios a su melena castaña además de llevar un corte muy estiloso que dejaba al descubierto su nuca y que ondeaba sobre su suave frente. Y se había despojado de sus gafas de pasta, probablemente sustituyéndolas por lentes de contacto. Además, poseía un nuevo aire de seguridad que le había permitido entrar en Arcángel con determinación.

La pérdida de peso era todavía más notable en su rostro; ahora se podían ver unos pequeños hoyuelos en sus mejillas que revelaban unos esculpidos pómulos a ambos lados de su respingona y pequeña nariz. Su boca... ¡Gracias a Dios que Rafe lo había advertido sobre su sensual boca! Y aun así, necesitaría unos minutos para que su excitación cesara... los mismos minutos que tardaría Linda en llevar a Bryn Jones hasta su despacho... o eso esperaba.

¿Habría reconocido a la Sabryna Harper de cinco años atrás como esa bella joven segura de sí misma si Rafe no lo hubiera advertido sobre su verdadera identidad después de que Michael hubiera decidido, con su habitual arrogancia, no decirle nada al respecto?

Oh, sí, no tenía ninguna duda de que la habría reconocido. Voluptuosa o esbelta, con gafas o sin ellas, ligeramente cohibida o elegantemente segura de sí misma, de cualquier modo habría sabido que Sabryna se encontraba bajo cualquier imagen que hubiera adoptado.

La pregunta era: ¿expresaría ella de algún modo que también lo recordaba?

Delicioso, pecaminoso, un marrón como el del chocolate derretido. Era el único modo de describir el color de los ojos de Gabriel D'Angelo. Eso fue lo que tuvo que admitir Bryn después de que Linda la dejara en su despacho. Ahora se encontraba frente a un escritorio de mármol mirando al hombre al que había considerado su verdugo durante mucho tiempo. El hombre que, con el azote de su arrogante y despiadada lengua no solo había ayudado a que su padre entrara en prisión, sino que además había logrado acabar con Sabryna Harper y había hecho necesario el surgimiento de Bryn Jones.

El mismo hombre que había embelesado a Sabryna, que la había besado y había destrozado su corazón cinco años atrás.

El mismo hombre que solo semanas después de aquello se había plantado en un tribunal para mandar a su padre a la cárcel.

El mismo hombre al que había mirado en aquella misma sala sabiendo que aún lo deseaba a pesar de lo que le estaba haciendo a su padre. Solo mirarlo la había excitado cuando lo único que habría tenido que sentir por él era odio.

Una reacción, una peligrosa atracción que durante los años siguientes ella se había convencido de no sentir. Se había convencido de que las emociones que la habían bombardeado siempre que lo miraba debían haber sido sentimientos de odio porque era imposible que hubiera seguido sintiéndose atraída después de lo que le había hecho a su familia.

Pero ahora solo con mirarlo supo que había estado

mintiéndose todos esos años. Que Gabriel D'Angelo, a pesar de ser el único hombre por el que jamás debería haberse sentido atraída, al que jamás debería haber permitido que la besara, había despertado, y seguía despertando, una peligrosa fascinación en ella.

Tanto que ahora podía sentir cómo su poderosa presencia lograba dominar la opulenta elegancia del enorme despacho con ventanales de suelo a techo y obras de arte originales que adornaban todas las paredes cubiertas de delicada seda rosada.

Gabriel D'Angelo...

Un hombre que ahora, ¡y tal como Bryn había deseado tantas veces!, debería haber estado calvo, gordo y con arrugas por su hinchado rostro.

Pero en lugar de eso ahí seguía, con su esbelto, alto y musculoso cuerpo, y especialmente favorecido con ese traje oscuro de diseño que probablemente costaba tanto como la matrícula de un año de universidad. Y su pelo se mantenía tan oscuro y abundante como recordaba, peinado hacia atrás y cayendo en sedosas hondas color ébano justo por debajo del cuello de su camisa de seda color crema.

¡Y su cara...!

Era la cara de un modelo, de esas por las que babearían mujeres de todas las edades antes de comprar lo que fuera que estuviera anunciando; una frente alta sobre esos pecaminosos ojos marrones, su aguileña nariz, unos pómulos altos y definidos contra una piel clara aceitunada... ¡y sin una sola arruga! Tenía unos labios perfectos y esculpidos, el superior más carnoso que el inferior, y la fuerte línea de su mandíbula seguía exactamente como Bryn la recordaba: cuadrada y con gesto de despiadada determinación.

–Señorita Jones –su educada voz, tal como había

descubierto cinco años atrás, no tenía ningún acento marcado a pesar de lo que se podría haber esperado de su apellido, sino que sonaba tan inglesa como la suya. Mantenía aquel tono intenso y ronco que en el pasado había hecho que le temblaran las rodillas y que lo había seguido haciendo mientras lo había escuchado sentenciando a su padre y sellando su destino.

A punto estuvo de retroceder cuando Gabriel D'Angelo se levantó y salió de detrás del escritorio de mármol. Logró mantenerse en pie y firme al ver que tan solo se había levantado para extenderle la mano y saludarla. Se sobresaltó por dentro al darse cuenta de que estaba observándola tan fijamente a través de sus párpados entrecerrados y de que esos ojos del color del chocolate derretido parecían verlo todo y no perderse nada.

¿La reconocería? ¿Reconocería a Sabryna Harper? Lo dudaba, ya que la torpe Sabryna, independientemente de que Gabriel la hubiera besado en una ocasión, no habría causado mucho impacto en su vida, y que durante los últimos años habrían pasado por su vida... ¡y por su cama!... montones de mujeres.

Además, había cambiado de nombre y ahora estaba totalmente distinta: pesaba diez kilos menos, llevaba el pelo corto y con mechas rubias, su rostro era más fino y más anguloso y usaba lentes de contacto en lugar de las gafas de montura oscura.

Pero ¿era posible? ¿Podía haberla reconocido Gabriel a pesar de todos esos cambios?

Bryn deslizó una sudorosa mano sobre la pierna de sus pantalones antes de levantarla con la intención de estrechar lo más ligeramente posible esa otra mano que era mucho más grande que la suya. Un movimiento que Gabriel D'Angelo eludió al instante cuando esos largos dedos rodearon firmemente los suyos generando una especie de sacudida eléctrica y sexual que se movió por la longitud de su brazo antes de posarse sobre sus pechos y hacer que los pezones se le endurecieran bajo la blusa.

Una sacudida que Gabriel D'Angelo sintió también a juzgar por el modo en que apretaba sus dedos y la miraba.

–Por fin nos conocemos, señorita Jones –murmuró él sin soltarle la mano.

Bryn parpadeó; la expresión de sus ojos grisáceos era más hermosa así, sin estar oculta tras los cristales de unas gafas.

–No... no sé qué quiere decir.

¡Gabriel tampoco estaba seguro del todo de qué quería decir!

El consejo de Rafe, cuando los dos hermanos habían quedado para cenar antes de que este regresara a Nueva York cinco días atrás, había sido que el modo más sencillo de evitar cualquier posible situación desagradable con la familia Harper era decirle a Eric Sanders que eliminara a Bryn Jones de la lista de posibles candidatos para la futura Exposición de Nuevos Artistas.

Y desde el punto de vista profesional Gabriel entendía perfectamente por qué su hermano le había dado ese consejo, dada la historia con el difunto padre de ella, William Harper. Había sido un consejo sensato y necesario.

De no ser porque...

Gabriel también tenía una historia con Bryn. Sí, breve, nada más que un beso robado en el coche, pero en aquel momento él había esperado más y durante los últimos cinco años había pensado en Bryn, se había preguntado qué habría sido de ellos dos de no ser por el escándalo que los había separado.

No estaba en absoluto orgulloso del papel que había desempeñado en los sucesos acaecidos cinco años atrás. Ni de la condena y encarcelación de William Harper por fraude, ni de su muerte en prisión unos meses después, ni del modo en que su esposa y su hija adolescente habían sido acosadas y hostigadas durante semejante calvario.

En contra del consejo de su hermano, Gabriel había intentado ver a Sabryna, tanto durante el juicio como después de que enviaran a su padre a prisión, pero ella lo había rechazado siempre negándose a abrirle la puerta y cambiando su número de teléfono para que tampoco pudiera llamarla. Gabriel había decidido apartarse, darle tiempo, antes de volver a acercarse. Y entonces William Harper había fallecido en prisión poniéndole fin a toda esperanza que había albergado de poder llegar a tener una relación con Sabryna.

Durante los últimos días había examinado con objetividad y una actitud absolutamente profesional los cuadros que la joven había presentado para el concurso. Eran muy buenos; estaban tan delicadamente ejecutados que casi le resultaba posible oler los pétalos de rosa que caían suavemente desde el jarrón de uno de ellos. Tan buenos que había querido alargar la mano y acariciar la etérea belleza de una mujer que contemplaba al bebé que tenía en brazos.

Podía ver auténtico talento en cada trazo del pincel, un talento artístico poco visto que haría que algún día los cuadros de Bryn Jones fueran objeto de colección tanto por su belleza como por su valor como inversión. Y precisamente por eso Gabriel no creía que pudiera eliminarla del concurso solo para evitarse la incómoda situación de tener que verla y tener que sentir su odio.

Sin embargo, no podía pasar por alto cuáles podrían

ser las motivaciones que la habían animado a entrar en el concurso.

Le soltó la mano bruscamente antes de volver a ocupar su silla, bien consciente de que su previa excitación había vuelto con más fuerza en cuanto había tocado la sedosa suavidad de la mano de Bryn.

–Me refería al hecho de que es la séptima y última candidata que hemos entrevistado en los dos últimos días –y también la única candidata que Gabriel estaba entrevistando personalmente, pero eso no hacía falta decírselo a ella.

Las mejillas de Bryn palidecieron lentamente.

–¿La séptima candidata?

Él se encogió de hombros con gesto de desdén.

–Siempre es mejor tener alguna reserva, ¿no cree?

¿Es que ella era una reserva?

¿Se habría tragado su orgullo, el odio hacia todo lo que tenía que ver con los D'Angelo, para entrar en esa maldita competición y ahora resultaba que era una reserva?

Había creído que el hecho de que la fueran a entrevistar en la galería significaba que la habían elegido finalista para la Exposición de Nuevos Artistas. ¡Y ahora Gabriel D'Angelo estaba diciéndole que era una reserva!

¿La habría reconocido? Y de ser así, ¿era ese el modo que tenía Gabriel de divertirse y de vengarse más aún por el escándalo que había salpicado a las galerías con todo el asunto de su padre?

–¿Se encuentra bien, señorita Jones? –Gabriel tenía el ceño fruncido cuando volvió a levantarse y bordeó la mesa–. Se ha quedado muy pálida...

No, Bryn no estaba «bien». ¡Nada bien! Se encontraba tan mal que ni siquiera intentó retroceder cuando Gabriel se le acercó demasiado. ¿Se había tragado su orgullo y lo había arriesgado todo, la vida que se había creado en los últimos cinco años, al exponerse ante los hermanos D'Angelo para que ahora le dijeran que no era lo bastante buena?

–¿Po...? ¿Podría tomar un vaso de agua? –se llevó una mano ligeramente temblorosa hasta su frente cubierta de sudor.

–Por supuesto –Gabriel seguía con gesto de preocupación cuando se acercó al mueble bar.

Era una reserva.

¿No era decepcionante?

¿No era humillante?

¡Maldita sea! Había estado viviendo en un absoluto estado de nerviosismo desde que había entrado en la competición y esa era la recompensa que se llevaba al final, después de lo que había sufrido: ¡ser la artista reserva para la Exposición!

–He cambiado de opinión –dijo con voz tensa–, ¿tiene whisky?

Gabriel se giró lentamente y vio que las mejillas de Bryn habían recuperado su color y que sus ojos habían adaptado un brillo de furia. Un brillo que pudo reconocer fácilmente como el mismo que había sentido dirigido directamente hacia él en aquel tribunal. ¿Por qué estaba tan furiosa de pronto? Estaban charlando sobre...

¡Ah, claro! Le había dicho que era la séptima candidata que iban a entrevistar para una competición de seis participantes.

Se acercó con el vaso de whisky que le había pedido.

–Creo que ha habido un malentendido...

–Sin duda –respondió ella antes de agarrar el vaso y beberse el whisky de un trago; al momento respiró hondo y se puso a toser según el abrasador alcohol iba deslizándose por su garganta.

–Creo que habrá notado que ese whisky de treinta años tiene que beberse a sorbitos y hay que saborearlo en lugar de engullirlo como si fuera limonada en una fiesta de cumpleaños infantil –le dijo secamente al quitarle el vaso y dejarlo sobre la mesa. Mientras, ella se echaba hacia delante, sin duda, intentando respirar–. ¿Debería...?

–¡Ni se le ocurra darme golpecitos en la espalda! –le advirtió apretando los dientes mientras se ponía derecha. Al verlo alzar la mano, se le encendieron las mejillas y lo miró con los ojos cubiertos de lágrimas provocadas por el atragantamiento.

O, al menos, eso esperaba Gabriel, que fueran causa del golpe de tos y no de la decepción. Sin duda había malinterpretado su previo comentario y ya le había causado demasiado daño en su joven vida.

–¿Querría ahora ese vaso de agua...?

Ella le lanzó una mirada más fiera todavía.

–Estoy bien. En cuanto a su oferta, señor D'Angelo...

–Gabriel.

Bryn batió sus largas y sedosas pestañas.

–¿Cómo dice?

–Le pido que me llame Gabriel –le dijo con tono cálido.

Ella frunció el ceño.

–¿Y qué razones podría tener yo para querer hacer eso?

Gabriel la miró con sorna; con ese pelo corto y de punta ahora mismo parecía un erizo indignado.

–Pensaba que, tal vez, podríamos tutearnos por el bien de una relación... profesional... más amistosa...

Ella resopló con un gesto que no resultó nada elegante.

–No tenemos ninguna relación, señor D'Angelo, ni amistosa ni profesional –recogió su bolso del suelo, de donde se le había caído durante el golpe de tos–. Y, aunque estoy segura de que muchos artistas se sentirían halagados por ser elegidos en séptima posición en una competición de seis participantes, me temo que yo no –se dio la vuelta y fue hacia la puerta.

–Bryn.

Se detuvo en seco al oír su nombre pronunciado con ese áspero y vibrante tono a través de unos labios perfectamente esculpidos. Los mismos labios que una vez la habían besado, que habían llenado sus fantasías cada noche meses antes, durante y después del juicio y la encarcelación de su padre.

Su nombre sonaba... sensual pronunciado con esa voz tan grave. Una sensualidad a la que el cuerpo de Bryn respondió de inmediato haciendo que sus pechos volvieran a inflamarse y sus pezones a tensarse.

Se giró lentamente con expresión de cautela al comprobar que su traicionero cuerpo aún pensaba que Gabriel D'Angelo era el hombre más atractivo que había visto en su vida.

Y no debería ser así.

Ella no debería verlo así.

¿Cómo podía sentirse de ese modo cuando ese hombre había destruido a su familia?

Su madre y ella habían pasado cinco años muy duros. Las dos habían permanecido en Londres mientras su padre estuvo en la cárcel, se habían cambiado el apellido y se habían trasladado después de su muerte.

Además de a tanto dolor, habían tenido que enfrentarse al suplicio de encontrar un lugar donde vivir hasta que, finalmente, se habían mudado a una casita de campo que habían encontrado en alquiler en una pequeña aldea galesa.

Después Bryn había tenido que buscar y lograr entrar

en una universidad que le permitiera seguir viviendo en casa al no querer dejar sola a su madre, que seguía hundida por todo lo sucedido. Su madre era enfermera y había encontrado trabajo en un hospital local, pero Bryn había tenido que conformarse con trabajar en una cafetería y sacar tiempo para los estudios entre turno y turno.

En medio de todos esos cambios y dificultades no había tenido mucho tiempo para los hombres; sí, había tenido alguna que otra cita, pero nunca nada que llegara a una relación larga o íntima. De todos modos, cualquier relación seria habría supuesto tener que revelar que su verdadero nombre no era Bryn Jones y que su padre fue William Harper, y eso era algo que se había negado a hacer.

Al menos, hasta ahora, había creído que esa era la razón por la que no había tenido ninguna relación seria con un hombre... Pero no había sido así.

Ahora le resultaba extremadamente humillante mirar a Gabriel D'Angelo, oír de nuevo su voz y darse cuenta de que él había sido la causa de su falta de interés por otros hombres.

Saber que el atractivo de ese hombre, su profunda voz, llenaban sus sentidos y generaban una tensión sexual en su interior sin, ni siquiera, tener que intentarlo.

Tener que reconocer que el odioso Gabriel D'Angelo, un hombre que la había besado solo una vez, había sido el patrón mediante el que había juzgado a los demás hombres durante esos cinco años no solo era masoquista y una locura por su parte, sino que también resultaba una actitud desleal hacia su madre y hacia la memoria de su padre...

Capítulo 2

HAS vuelto a quedarte pálida –le dijo Gabriel caminando con decisión hacia donde ahora estaba Bryn, paralizada junto a la puerta cerrada de su despacho. Frunció el ceño al ver que esas suaves mejillas habían vuelto a perder todo su color.

–Tal vez deberías sentarte un minuto...

–¡Por favor, no! –dio un paso atrás alejándose de la mano que Gabriel había alzado con la intención de agarrarla suavemente del brazo; seguía con los dedos aferrados a su bolso y sacudió la cabeza con una aterciopelada mirada gris oscura cargada de furia y determinación–. Tengo que irme.

Gabriel apretó los labios con frustración al ver que sentía aversión solo ante el hecho de que pudiera tocarla.

–Aún no hemos terminado nuestra discusión, Bryn...

–Oh, sin duda ha terminado, señor D'Angelo –le aseguró enérgicamente–. Como he dicho, gracias por el... el honor de elegirme como séptima candidata, pero de verdad que no me interesa perder el tiempo para ser subcampeona –sus ojos se encendieron con un brillo oscuro–. Y no tengo ni idea de por qué se le ha ocurrido que yo...

–Has sido, con mucho, la mejor de los seis candidatos elegidos para la exposición, Bryn –dijo Gabriel con fervor–. Me he guardado lo mejor para el final –añadió secamente.

–Gracias por su interés, pero... –se detuvo para mirarlo cuando, por fin, asimiló esas palabras. Se humedeció los labios, ¡esos labios tan sensuales!, con la punta de la lengua antes de volver a hablar–: ¿Acaba de decir que...?

–Sí –le confirmó con determinación.

–Pero antes ha dicho... me ha dicho que era la séptima persona que iban a entrevistar...

–Y una de las seis anteriores es el candidato de reserva. Y está muy contento por ello, por cierto –añadió con aspereza.

Bryn se quedó mirando a Gabriel espantada ante lo que acababa de hacer, lo que acababa de decir. Él tenía razón; en ningún momento le había dicho que fuera la candidata que había quedado en séptimo lugar en la competición, sino solo que era la séptima que estaban entrevistando.

Tragó saliva; sentía náuseas. Volvió a tragar totalmente en vano, ya que el whisky que se había tomado como si fuera limonada en una fiesta de cumpleaños infantil había caído como un puñal en su estómago vacío. Esa mañana había estado tan nerviosa por el hecho de volver a la galería que no había sido capaz de desayunar.

–¡Creo que voy a vomitar! –dijo llevándose una mano a la boca.

–El cuarto de baño está por ahí –se apresuró a decirle Gabriel agarrándola delicadamente del brazo y llevándola hacia una puerta cerrada frente al despacho.

En esa ocasión, Bryn no se resistió a que la agarrara, estaba demasiado ocupada intentando controlar las náuseas como para molestarse en resistirse mientras él abría la puerta del baño y la metía dentro.

¿Cuarto de baño? Era más bien un baño que podías encontrarte en una residencia privada, con una ducha con mampara de cristal que recorría toda una pared y unos sanitarios de porcelana en color crema. ¡Parecía más grande que la habitación donde Bryn había vivido y pintado durante el último año!

Tiró el bolso al suelo y cruzó la habitación a tiempo de llegar al inodoro donde inmediatamente perdió la batalla contra las náuseas.

—Vaya, ¡eso sí que es desperdiciar un whisky de malta de treinta años! —comentó Gabriel secamente unos minutos después, cuando fue obvio que a Bryn ya no le quedaba en el estómago nada más que echar.

Por si el hecho de vomitar no había sido ya bastante humillante, él se había quedado en el baño todo el rato.

—Le compraré una botella igual —murmuró al tirar de la cadena y evitó mirar la oscura figura que se alzaba en la puerta cuando se dirigió al lavabo y abrió uno de los grifos de oro para echarse agua en las mejillas.

—¿Una de mil libras?

Bryn abrió los ojos de par en par al bajar la toalla con la que se había secado antes de girarse y verlo apoyado en el marco de la puerta con los brazos cruzados sobre su musculoso torso.

Al instante, al verlo con ese gesto de mofa, deseó no haberlo mirado.

—¿Quién paga esa cantidad de dinero por...? Está claro que usted sí —añadió al verlo enarcar las cejas—. De acuerdo, es posible que ahora mismo no pueda permitirme comprarle otra botella igual.

Él soltó una pequeña carcajada que hizo que a Bryn se le acelerara el corazón.

Hacía años que no veía a Gabriel reír; no había habido sitio para las risas ni para palabras amables des-

pués de que hubieran arrestado a su padre. Y la trans-
formación que sufrió su hermoso y oscuro rostro con
esa risa le recordó exactamente por qué se había enamorado tan perdidamente de él años atrás.

Había creído, y esperado, que si alguna vez se en-
contraban de casualidad, ella no reaccionaría de ese
modo, pero la calidez que ahora resplandecía en su mirada, las arruguitas que le salían alrededor de los ojos y
los hoyuelos que le aparecían en sus esculpidas mejillas, junto con la hilera de perfectos dientes blancos entre esos sensuales y esculpidos labios, le demostraron
al instante lo equivocada que había estado. Si Gabriel
resultaba pecaminosamente guapo cuando no estaba
sonriendo, ¡se volvía letal cuando lo hacía!

Desvió la mirada bruscamente para terminar de se-
carse la cara y las manos antes de mirarse en el espejo.
oscuras ojeras bajos unos ojos cansados, mejillas pálidas y un cuello esbelto y vulnerable. Una vulnerabilidad
que no podía permitirse en presencia de ese hombre.

Respiró hondo antes de girarse para mirarlo.

–Me disculpo por lo que he dicho antes, señor D'Angelo. Ha sido una grosería y...

–Para, Bryn –la interrumpió–. Unas disculpas así de
sumisas no van contigo –le explicó mientras ella lo miraba con cautela.

Las mejillas de Bryn recuperaron su color.

–Al menos podría dejar que terminara con mis disculpas antes de burlarse de mí.

Sin duda, él tuvo problemas para contener la sonrisa
mientras le respondía.

–Como te acabo de decir, ¡esa clase de disculpas no
te van!

–Me disculpo una vez más –ahora Bryn ni siquiera
se atrevió a enfrentarse a su burlona mirada y, en su lu-

gar, prefirió mirar el hermoso suelo de mármol. Por mucho que supiera perfectamente el porqué del resentimiento que albergaba hacia ese hombre, tal como había esperado y supuesto, Gabriel no lo recordaba en absoluto y no quería decir ni hacer nada que lo provocara.

–¿Podemos terminar ya nuestra conversación? –preguntó con tono animado–. ¿O necesitas quedarte un rato más junto a mi inodoro?

Bryn frunció el ceño.

–Ha sido por tomar whisky con el estómago vacío –¡y el hecho de que tanto ella como él supieran que había juzgado sus palabras sin dudarlo!

–Por supuesto –respondió Gabriel al apartarse para dejar que Bryn fuera delante de él hacia el despacho sabiendo que la razón de que hubiera sacado una conclusión equivocada se debía al hecho de que le guardaba rencor por todo lo sucedido en el pasado–. Y es sacrilegio tomar un whisky de malta si no es solo.

–Al precio que vale, no me extraña –la oyó murmurar con sorna y prefirió ignorarlo y volver al tema que la había llevado hasta allí.

–Como he dicho, estás entre los seis candidatos elegidos para la Exposición de Nuevos Artistas que se celebrará en la galería el mes que viene. ¿Nos sentamos a discutir los detalles? –señaló el cómodo sofá de piel y las sillas dispuestas alrededor de la mesita de café frente a esos ventanales que iban de techo al suelo.

–Por supuesto –ella prefirió sentarse en uno de los sillones antes que en el sofá. Después, se cruzó de piernas y lo miró.

Gabriel no se sentó de inmediato, sino que primero se acercó al mueble bar para sacar una botella de agua de la nevera, agarró un vaso limpio y los dejó sobre la mesita antes de sentarse en el sillón frente a ella.

–Gracias –murmuró suavemente, destapando la botella y sirviéndose el agua. Dio un largo trago antes de volver a hablar–. El señor Sanders me comentó algunos de los detalles la semana pasada, pero obviamente me interesa conocer más... –dijo con un tono muy profesional.

Gabriel la observaba mientras seguían discutiendo los detalles de la exposición y Bryn iba anotando los detalles en una libreta que había sacado de su abultado bolso.

Cinco años atrás esa mujer había sido una joven dulce e inocente, una combinación que lo había intrigado y fascinado. El paso de los años se había llevado toda esa inocencia, al menos en lo que respectaba a las relaciones sociales. Si seguía conservando su inocencia físicamente era algo que no podía saber, aunque dudaba que fuera así. Cinco años eran mucho tiempo.

Pero no solo se había embellecido durante esos años, sino que también había crecido en confianza sobre todo en lo que concernía a su arte, y hablaba del tema con gran conocimiento.

–¿Alguna vez se te ha ocurrido trabajar en una galería de arte como Arcángel? –le preguntó media hora más tarde cuando su conversación se acercaba a su final.

Bryn levantó la mirada después de guardar la libreta en el bolso.

–¿Cómo dice?

Él se encogió de hombros.

–No hay duda de que eres toda una entendida en el tema, entusiasta y brillante, y que esas cualidades te convierten en una valiosa aportación para cualquiera galería, no solo para Arcángel.

Bryn frunció el ceño mirando a Gabriel desde el otro

lado de la mesita de café, no muy segura de si lo había entendido correctamente.

–¿Está ofreciéndome un empleo? –le preguntó incrédula.

Él la miró con gesto imperturbable.

–¿Y si así fuera?

–¡Entonces mi respuesta tendría que ser «no»! Gracias –añadió al darse cuenta demasiado tarde de que volvía a ser grosera.

–¿Y eso por qué?

–¿Por qué? –sacudió la cabeza con impaciencia–. Porque quiero ver mis cuadros colgados en una galería y que, con suerte, se vendan. ¡No quiero trabajar como ayudante en una!

–¿Es que no puedes aceptar un empleo que te ayude a pagar las facturas hasta que eso suceda?

Bryn se lo quedó mirando; era demasiado consciente de que a la semana siguiente tenía que pagar el alquiler y otras facturas. Pero ella ya tenía un trabajo en una cafetería... aunque tampoco es que llegara a cubrir gastos por mucho que intentaba economizar.

Fue casi como si Gabriel se lo hubiera imaginado y estuviera ofreciéndole su caridad...

Pero no, ¡Gabriel D'Angelo no estaba intentando ayudarla! Simplemente sabía, tan bien como ella, que era perfectamente capaz de desempeñar el puesto que le estaba ofreciendo y, sin duda, había dado por hecho que aceptaría inmediatamente por el hecho de que era de sobra conocido que la mayoría de los artistas se morían de hambre en sus buhardillas.

En el caso de Bryn no es que se estuviera muriendo de hambre, exactamente, simplemente había días que no comía. Y aunque su habitación en un tercer piso no era una buhardilla, en ella apenas había espacio para dormir, cocinar y pintar.

–Yo ya tengo un trabajo...

–¿En otra galería?

Bryn frunció el ceño al captar la brusquedad de su tono.

–¿Y qué más da dónde trabaje?

–En este caso importa porque no sería apropiado que tus cuadros estuvieran expuestos en Arcángel si estás trabajando para otra galería.

–Es cierto –asintió–. Bueno, pues no trabajo para otra galería, pero sí que tengo un trabajo –continuó al agacharse para recoger el bolso del suelo–. Y mi próximo turno empieza en una media hora, así que...

–¿Tú próximo... turno?

–Sí –le confirmó bruscamente–. Trabajo en una cadena de cafeterías muy conocida.

–¿*Latte*, capuchino, expreso y una magdalena baja en calorías? ¿Te refieres a esa clase de establecimientos?

La anterior media hora de conversación se había desarrollado tranquilamente y hasta había resultado agradable en ciertos momentos mientras habían hablado de los cuadros que ella expondría el mes próximo, los horarios y demás detalles. Pero, sin duda, eso no había sido más que una breve tregua si ahora Gabriel estaba dejando claro quién estaba por encima de quién. Lo miró desafiante.

–¿Tiene algo en contra de las cafeterías?

–No recuerdo haber estado nunca en ninguna.

¡Por supuesto que no! La gente tan rica como Gabriel D'Angelo frecuentaba restaurantes exclusivos y bares de moda, no cafeterías concurridas por el gran público.

–Pero sí que tengo algo en contra de que una de mis artistas trabaje en una, sí.

–¿Una de sus artistas? –le preguntó tensa.

–Esta será tu primera exposición pública, ¿no es así?

–He vendido algún que otro cuadro en galerías más pequeñas –respondió a la defensiva.

–¿Pero tengo razón al pensar que será la primera vez que se exponen juntos en una exposición oficial tantos cuadros de Bryn Jones?

–Sí –confirmó lentamente.

–Entonces, en el futuro, te guste o no, tu nombre se verá vinculado al de la Galería Arcángel.

Y eso a Bryn no le gustó nada; no le gustaba la idea de que su nombre quedara unido para siempre ni a los odiosos hermanos D'Angelo ni a sus galerías.

Además, ni siquiera se lo había contado a su madre, y la aterraba pensar en cómo reaccionaría si descubría que iba a exponer su obra en esa galería.

Y tal vez debería habérselo pensado un poco más antes de decidirse a entrar en la competición.

Gabriel casi podía ver la guerra que se estaba desatando en la cabeza de Bryn. El deseo natural de que su talento fuera no solo expuesto, sino también reconocido, sin duda batallaba con su deseo de que en el futuro no se la asociara ni con el apellido D'Angelo ni con la Galería Arcángel. Un indicador más de lo mucho que lo detestaba y de todo lo malo que representaba para ella.

–¿Y qué quiere decir con eso? –preguntó Bryn.

–Creo que en el catálogo que se va a imprimir y enviar a nuestros clientes antes de la exposición quedaría mejor que no aparecieras como «En la actualidad, trabajando en cafetería».

–¿Mejor para quién?

Gabriel contuvo la rabia ante su desafiante tono de voz al no tener ninguna intención de admitir que era él, personalmente, al que no le gustaba la idea de que trabajara allí. Tal vez nunca había entrado en un establecimiento así, pero solo imaginarla exhausta de trabajar día tras día, noche tras noche, para poder pagar las facturas del mes no le resultaba especialmente atrayente.

Además, por las discretas averiguaciones que había hecho sobre ella en cuanto Rafe le había dicho quién era, sabía que Bryn Jones, a pesar de su empleo, tenía serias dificultades para pagar esas facturas. Un empleo en Arcángel la liberaría de esa carga más que de sobra.

—¿Qué razón podrías tener para rechazar un empleo aquí?

—A ver, a ver... —ella se llevó un dedo a la barbilla como si estuviera pensando—. Primero, no quiero trabajar en una galería. Segundo, no quiero trabajar en una galería. Y tercero, ¡no quiero trabajar en una galería! —la mirada se le encendió con determinación.

—¿En esta galería en particular o en cualquiera? —le preguntó él tranquilamente.

—En cualquiera. Además, ¿no se podría considerar algo... incestuoso que empezara a trabajar en Arcángel ahora?

—¿Por el hecho de que formes parte de la exposición?

—Exacto.

—¿Y es tu última respuesta? —preguntó él frunciendo los labios.

—Lo es.

—Es usted algo intratable, señorita Jones.

—Prefiero verlo como un modo de mantener mi independencia, señor D'Angelo —le respondió bruscamente.

—Tal vez —contestó él al levantarse y dejando claro,

con la sequedad de su tono, que pensaba lo contrario–. Creo que hemos dicho todo lo que había que decir por hoy. Tengo otra cita en... –miró el reloj de oro que llevaba en la muñeca– diez minutos.

–Oh, de acuerdo –dijo ella levantándose tan apresuradamente que le dio una patada al bolso y todo el contenido se esparció por el suelo–. ¡A la porra! –exclamó y se puso de rodillas avergonzada mientras empezaba a recoger sus pertenencias, algunas extremadamente íntimas, y volvía a meterlas en el bolso.

–Siempre me he preguntado qué guardan las mujeres en sus bolsos –dijo Gabriel con tono divertido.

–¡Bueno, pues ahora ya lo sabe! –Bryn se había detenido para mirarlo y al instante fue consciente de cómo su alto y esbelto cuerpo se alzaba sobre ella casi amenazadoramente–. ¡Y terminaría mucho antes si me ayudara en lugar de quedarse ahí de pie sonriendo! –«como un idiota», podría haber añadido, aunque no lo hizo porque no habría sido la verdad.

Lo último que Gabriel era o parecía cuando sonreía de ese modo era un idiota; endemoniadamente disoluto, endemoniadamente atractivo y sensual e, incluso, puerilmente pícaro, como si esa sonrisa le quitara años. Pero, sin duda, lo que no parecía era un idiota.

Además, ahora había dejado de sonreír y esos ojos chocolate la miraban con una expresión absolutamente masculina y varonil.

Gabriel fruncía el ceño mientras la miraba de rodillas ante él. Era una pose... provocativa, por decir poco... tal y como lo atestiguaba el bulto cada vez más grande de su entrepierna.

Bryn se había sonrojado, tenía los labios ligeramente humedecidos, y el modo en que esos pantalones negros se amoldaban a su trasero así agachada...

–Es verdad –dijo con voz áspera y se agachó a su lado para recoger el boli y la libreta, además de un bote de crema de manos y un bálsamo labial–. ¿A la porra? –repitió secamente captando su perfume; a Bryn Jones no le pegaba algo tan flojo como un aroma floral. Ella era más de mezcla de especias con un toque sensual a mujer.

–Mi madre nunca ha visto bien que una mujer diga tacos.

Gabriel apenas la escuchó. El aroma de esas especias, algo afrutado, tal vez un toque de miel, y ese aroma a mujer sensual, no hizo más que excitarlo aún más.

–¿Un tarro de pimienta blanca, Bryn? –le preguntó alzándolo.

–¡Es más barato que el gas lacrimógeno! –le arrebató el bote de la mano antes de volver a guardarlo en el bolso.

–¿Gas lacrimógeno?

–Varios días a la semana tengo que ir caminando hasta casa a última hora de la noche –respondió sin mirarlo y perdiéndose el gesto de desaprobación en el ensombrecido rostro de Gabriel.

–Al salir de la cafetería –dijo tenso.

–¿Por qué le molesta tanto?

Buena pregunta, aunque no era una que Gabriel pudiera responder. No, sin revelar que sabía exactamente quién era, ni el hecho de que se sintiera culpable de su actual situación; sabía que ella no querría oír nada de eso.

Y esa última media hora en compañía de Bryn Jones había bastado para decirle que lo que ella llamaba «independencia» era en realidad orgullo, y de eso tenía más que de sobra.

¿Por el escándalo en el que se había visto involucrado su padre cinco años atrás? Sin duda ese era un factor que influía bastante, pero Gabriel tenía la sensación de que siempre habría sido una persona fácilmente irritable; su susceptibilidad era demasiado aparente en esos ojos llenos de vida y en el pertinaz gesto de su barbilla.

–¿No tenía otra cita en unos minutos? –preguntó a Gabriel, que seguía arrodillado a su lado.

¿Por qué no provocarla un poco más?

–Estaba preguntándome qué diría alguien si entrara en mi despacho ahora mismo y nos viera a los dos así en el suelo.

–¡Puede que lo descubramos si su siguiente cita llega antes de tiempo! –respondió ella con las mejillas encendidas al inclinarse para recoger un pintalabios de debajo de la mesita de café.

Y ya que la siguiente cita era el anciano lord David Simmons, un ávido coleccionista de arte, ¡a Gabriel le preocupó que al hombre pudiera darle un infarto allí mismo si veía ese trasero de Bryn tan bien formado!

–¿He dicho algo divertido? –sentada en el suelo miró a Gabriel, que volvía a sonreír. Al ver que se había despeinado y el pelo le caía sobre la frente, tuvo que cerrar los puños para controlarse y no echar mano a esas sedosas ondas negras.

–No, nada –su sonrisa de desvaneció y sus ojos se volvieron casi negros mientras seguía mirándola con intensidad.

Como pudo comprobar avergonzada, Gabriel estaba fijándose únicamente en sus labios. Unos labios separados y ligeramente humedecidos que cerró de inmediato a la vez que se levantaba bruscamente y se echaba el bolso al hombro. Sin embargo, quedó paralizada al darse cuenta de que con su diferencia de altura ahora el rostro de Gabriel había quedado al nivel de sus pechos.

Circunstancia de la que él no dudó en aprovecharse mientras no se esforzaba en ocultar su interés en los pechos desnudos que podía captar bajo la gasa de su blusa de flores...

Capítulo 3

SEÑOR D'Angelo...?
—¿Umm? —Gabriel no podía apartar la vista, estaba cautivado por la imagen de los pechos de Bryn, unos pechos voluptuosos y perfectos, coronados por unas rosadas areolas y unos tersos pezones que iban intensificando su color a medida que él seguía observándolos.

—¿Señor D'Angelo? ¡Gabriel! —la voz de Bryn se volvió más impaciente cuando él no respondió.

Gabriel deslizó la punta de la lengua sobre sus labios mientras se imaginaba tomando esos pezones en su boca y succionándolos con deseo; su miembro erecto dio su aprobación a la idea.

—No llevas sujetador...

—No. Yo...

—¿Piensas ir a trabajar con esta blusa? —puso cara de enojo al pensar en los pechos de Bryn siendo devorados por los ojos de otros hombres desde el otro lado del mostrador de la cafetería.

—A todos nos obligan a llevar una camisa negra con el logo del establecimiento —le respondió con desdén—. ¿Y podría levantarse? —lo agarró del brazo e intentó ponerlo de pie.

Pero el movimiento hizo que sus pechos se contonearan frente a la mirada de Gabriel. Si se echaba hacia

delante, aunque fuera un poco, podría posar la boca sobre ellos y saborearlos...

–¡Maldita sea, Gabriel, alguien está llamando a la
puerta! –susurró furiosa. La urgencia de su tono hizo
que, por fin, despertara de ese aturdimiento sexual.
Frunció el ceño al ser consciente de lo que estaba haciendo... ¡y de lo que había estado a punto de hacer!

¡Y con quién!

Bryn respiró temblorosa cuando Gabriel se levantó
bruscamente y se pasó los dedos por el pelo con gesto
impaciente. Antes de ir a abrir la puerta le lanzó una mirada de enojo.

–Lo siento, señor D'Angelo, no me había dado cuenta
de que la señorita Jones seguía aquí –dijo la recepcionista
dando un paso atrás al ver la expresión de enfado de Gabriel.

–¡Me alegro de volver a verte, Gabriel! –dijo con
tono despreocupado el anciano situado al lado de la recepcionista antes de entrar en el despacho y dirigirle a
Bryn una mirada simpática, aunque curiosa–. ¿Es que
no vas a presentarme a tu señorita? –le preguntó a Gabriel.

–Solo estoy aquí por una reunión con el señor D'Angelo –se apresuró a decir Bryn obviando la sugerencia
de que Gabriel y ella fueran pareja–. Y ya le he robado
demasiado tiempo –añadió al acercarse a la puerta antes
de girarse para lanzarle a Gabriel una gélida mirada.

¡Maldita sea! Estaba haciendo todo lo posible por
aplacar la especulativa mirada de la recepcionista y la
mirada de curiosidad de la visita de Gabriel. ¡Lo mínimo que podía hacer era intentar ayudarla y dejar de
mostrarse tan enojado ante la interrupción!

¿La interrupción de qué?, se preguntó Bryn...

El deseo que había visto en los seductores ojos de

Gabriel había sido inconfundible mientras había observado sus pechos, como también lo había sido el rubor en sus esculpidas mejillas cuando había empezado a inclinarse hacia ella. ¿Evidenciaba todo ello que, de no haber sido interrumpidos, habría actuado dejándose llevar por ese deseo y le habría besado los pechos? ¿Tal vez habría hecho algo más que besarlos?

Sintió que le fallaban las rodillas solo de pensar en tener esos tallados labios posados en sus excitados pezones, succionándolos y acariciándolos con la lengua...

–Bryn, te presento a lord David Simmons –dijo Gabriel con voz áspera al hacer las presentaciones–. David, te presento a Bryn Jones –suavizó el tono–. Está entre los seis artistas cuyos cuadros expondremos en la Exposición de Nuevos Artistas el mes que viene.

–¿Ah, sí? –los cálidos ojos azules de David Simmons se iluminaron al estrecharle la mano a Bryn–. Estoy deseando asistir a la exposición –le informó con amabilidad sin soltarle la mano–. Hace dos meses volé a París para acudir a la Exposición de Nuevos Artistas de la Galería Arcángel de allí y puedo asegurarle que está en buenas manos. Gabriel tiene buen ojo para reconocer nuevos talentos.

La sonrisa de Bryn se quedó paralizada en sus labios, no por el hecho de que le dijeran que estaba en buenas manos, sino también porque sabía demasiado bien que Gabriel tenía buen ojo, además, para reconocer una falsificación.

–Entonces, sin duda, le veré el mes que viene, lord Simmons...

–Por favor, llámame David –le dijo con delicadeza.

–Bryn –le respondió ella bien consciente de la amenazante presencia de Gabriel–. Y ahora, si me disculpan... Yo también tengo otra cita.

Gabriel sabía que la «cita» era su turno en la cafetería, algo que seguía desagradándolo sumamente. Y por si eso fuera poco para ponerlo de mal humor, David Simmons, que era lo suficientemente mayor como para ser el abuelo de Bryn, le había estrechado la mano demasiado tiempo durante las presentaciones.

–Linda, por favor, resérvale una cita a la señorita Jones para que se reúna con Eric el lunes –le ordenó Gabriel a la joven bruscamente.

–Por supuesto, señor D'Angelo.

–¿Puedo saber para qué? –le preguntó atónita.

Gabriel apretó los labios.

–Necesitamos más información personal y fotografías para el catálogo que vamos a enviar a los clientes... tal como creo que te he contado antes...

Ella se sonrojó ligeramente ante la pequeña reprimenda y un brillo de furia iluminó sus ojos.

–Está claro que me que quedado tan abrumada al enterarme de que estoy entre los seis artistas elegidos para la exposición que no he oído los detalles que han venido después.

La tensión de Gabriel se disipó ligeramente al ver la rabia en la mirada de Bryn acompañando esas palabras que había pronunciado con exagerada dulzura. También le recordó que Bryn, más que sentirse abrumada, se había puesto mala de verdad e incluso había vomitado, así que, sin duda, habría seguido invadida por las náuseas cuando se habían sentado a charlar sobre los detalles de lo que faltaba por hacer para la exposición.

¡Eso sin mencionar la molesta atención que él le había concedido a sus pechos escasos minutos antes!

No es que Gabriel estuviera especialmente orgulloso de ese desliz; cinco años atrás había reconocido que suponía un peligro para su autocontrol, y su encuentro hoy con una Bryn Jones más madura, más segura de sí misma, ¡y más bella!, le había demostrado que ese peligro aún existía. Y tanto...

Tal vez debería haber hecho caso a Rafe y haberse mantenido bien alejado de Bryn Jones.

–Tú ven –le dijo secamente–. Le diré a Eric que te vuelva a explicar esos detalles el lunes.

Ella se giró para sonreír al anciano.

–Ha sido un placer conocerle, lord Simmons. Señor D'Angelo –para él no hubo ni sonrisa ni mención alguna de si también había sido un placer verlo.

–Una chica preciosa –comentó David Simmons mientras los dos hombres veían cómo Bryn y Linda salían del despacho.

–¿Linda? –dijo Gabriel malinterpretando deliberadamente al anciano.

–¿Las pinturas de la señorita Jones son tan hermosas como ella?

–Más aún, si cabe –respondió Gabriel sinceramente; el trabajo de Bryn era excepcional y no tenía ninguna duda de que David Simmons reconocería ese talento con la misma facilidad con que lo había hecho él y que, con mucho gusto, compraría uno de sus retratos en la exposición del próximo mes.

–Interesante –dijo el hombre al seguir a Gabriel hasta los sillones situados frente a la ventana.

No fue hasta mucho después, una vez su reunión con David hubo concluido, que Gabriel pudo pararse a pensar en su encuentro con Bryn.

La susceptibilidad y el resentimiento que había sido incapaz de ocultar habían demostrado que ni siquiera había empezado a perdonarlo por el papel que había desempeñado en el hundimiento de su padre, y que no habría participado en la competición de Nuevos Artistas de no ser porque se trataba de un último recurso.

Miró al otro lado del despacho y vio algo destellando bajo uno de los sillones. Algo que se había caído del bolso de Bryn.

—¿Qué le apetecería tomar esta noche... Gabriel? —la última palabra sonó mucho más fuerte de lo que Bryn habría deseado después de ver que su siguiente cliente era Gabriel D'Angelo.

Un Gabriel D'Angelo vestido con un estilo mucho más informal, aunque ni un ápice menos atractivo, del que había lucido esa mañana en su despacho. Llevaba unos vaqueros descoloridos que descansaban sobre sus esbeltas caderas y un jersey fino de cachemir negro con las mangas subidas hasta los codos que resaltaba la musculatura de sus hombros, de su pecho y de su abdomen. La cálida brisa de la noche le había revuelto ligeramente el pelo haciendo que le cayera sobre la frente.

Unas horas antes le había dicho que jamás había entrado en una cafetería y eso generaba una pregunta: «¿Por qué ahora sí?». Y, precisamente, en la que ella trabajaba.

Frunció el ceño al ver que la gente que guardaba cola detrás de Gabriel empezaba a impacientarse; las seis de la tarde era una de las horas de más afluencia, justo cuando la gente salía de trabajar y pasaba a tomar algo de camino a casa, o a reunirse allí con los amigos. Y ya que era viernes, estaba más abarrotada todavía.

—¿Qué le apetecería tomar esta noche, señor D'Angelo? —repitió con tirantez.

Él alzó la mirada hacia la tabla del menú.

—¿Café solo?

–Café solo –repitió ella despacio. A pesar de que la cafetería ofrecía seis marcas distintas de café y muchas variedades, además de tés de sabores, y que todos ellos podían llevar leche, nata o varios siropes, ¡Gabriel estaba pidiendo café solo!

–Si no es molestia –añadió con sorna.

–Ninguna molestia –Bryn era consciente de que la encargada estaba mirándolos mientras le cobraba... a menos, claro, que Sally solo estuviera regodeándose con la visión de ese hombre arrebatadoramente atractivo al otro lado del mostrador.

Algo que parecía ser lo mismo que estaban haciendo el resto de mujeres en el establecimiento: ¡se lo estaban comiendo con los ojos! Las que iban acompañadas de sus propias parejas lo estaban haciendo disimuladamente y las demás con absoluto descaro.

–Sígame, por favor –le dijo al echarse a un lado para prepararle el pedido y dejar que una de sus compañeras ocupara su lugar para atender al siguiente cliente–. ¿Qué está haciendo aquí, señor D'Angelo? –murmuró mientras le preparaba la bandeja.

–¿Cómo dices?

–He dicho...

–Tendrás que hablar un poco más alto, Bryn. No puedo oírte con tanto ruido.

Ella lo miró irritada a la vez que alzaba la voz ligeramente.

–Le he preguntado que qué está haciendo aquí.

–¡Ah! Te dejaste algo en el suelo de mi despacho cuando te marchaste y se me ha ocurrido traértelo.

Bryn se quedó paralizada y sin aliento al darse cuenta de que las personas que tenían más cerca se habían quedado en silencio al oír el comentario de Gabriel y con los ojos abiertos de par en par mientras sacaban sus propias conclusiones sobre lo que Bryn podía haberse dejado en el suelo de su despacho...

–¿Lo ha hecho a propósito? –le preguntó un instante después al acercarse para limpiar la mesa contigua al cómodo sillón que él había ocupado y donde estaba disfrutando de un café colombiano sorprendentemente bueno.

–¿Que si lo he hecho a propósito?

Ella frunció el ceño y su piel pareció más clara que nunca contra la camisa negra que ahora llevaba en lugar de la blusa de gasa de antes.

–Ha insinuado algo... ¡Deliberadamente ha dado la impresión de que me he dejado una prenda de ropa en el suelo de su despacho!

–¿Eso he hecho?

Bryn apretó los labios mientras fingía seguir limpiando la mesa.

–Sabe que sí.

Y sí, lo había hecho. Porque hasta que lo había visto, Bryn se había mostrado relajada y sonriente mientras servía a los clientes, y esa sonrisa había quedado reemplazada al instante por un gesto de furia en cuanto lo había reconocido despertando, con ello, toda su rabia.

Había cometido un error al ir allí y ahora lo admitía. Sabía que debía mantenerse bien alejado de Bryn, que era mejor para los dos que lo hiciera. Estaba claro que ella no quería tener nada que ver con él fuera de la galería y, después de su encuentro, sabía muy bien el peligro que Bryn suponía para su autocontrol.

Era como si no hubiera podido resistirse a ir allí en cuanto le había surgido la oportunidad.

–Tengo algo tuyo que he pensado que querrías recuperar lo antes posible.

–¿En serio? –lo miró con escepticismo.

Gabriel se recostó en el sillón de piel y la miró con los ojos entrecerrados.

–¿Sabes, Bryn? He visto que tu actitud hacia mí no está siendo muy... educada. Y me resulta sorprendente teniendo en cuenta que soy uno de los propietarios de la galería que va a exponer tus cuadros. Si tienes algún problema conmigo, o con mi galería, entonces tal vez este sería un buen momento para que me dijeras cuál es.

Un delicado rubor coloreó sus mejillas mientras se mordía el labio inferior; sin duda, sus ambiciones artísticas volvían a batallar con el rencor que sentía hacia él.

Era un rencor que Gabriel comprendía, pero le dolía que lo siguiera culpando por lo que había sucedido. Él no era responsable de que William Harper hubiera intentado venderles un Turner falsificado. Solo era culpable de haber destapado que ese hombre era un embaucador.

En un principio Bryn se había decidido a presentar sus cuadros para la Exposición de Nuevos Artistas convenciéndose de que no era nada probable que tuviera que encontrarse con ninguno de los hermanos D'Angelo en persona. Por eso ahora le resultaba absolutamente desconcertante que se hubiera encontrado y hubiera hablado con uno de ellos, ¡dos veces en un mismo día!, y que, precisamente, ¡hubiera tenido que ser Gabriel!

Aun así, sabía que se merecía sus críticas por su actitud hacia él, que debía resultarle una gran falta de respeto, además de desconcertante, dado que simplemente la conocía como «Bryn Jones», artista aspirante, y que no había parecido reconocerla como Sabryna Harper. ¡Si Gabriel descubría la verdad, tenía claro que llamarían a ese séptimo candidato reserva para que ocupara su puesto en la exposición!

–Me disculpo si me he mostrado menos que... agradecida, señor D'Angelo –murmuró forzadamente–. Obviamente, es un privilegio y un honor haber sido elegida para exponer en una galería tan prestigiosa como la Arcángel...

–Como te he dicho antes, Bryn, no te pega nada deshacerte en disculpas –le dijo con un brillo socarrón en sus oscuros ojos.

Ella desvió la mirada.

–En ese caso, creo que ha dicho que ha venido para devolverme algo mío.

–Así es, sí.

–¿Y?

–¿A qué hora sales esta noche?

–En un par de horas –respondió extrañada.

–¿A las ocho en punto?

–Ocho y cuarto –lo corrigió con recelo.

–Entonces te espero fuera a las ocho y cuarto.

–No lo entiendo.

–Creo que sería buena idea que los dos cenáramos juntos para poder discutir y, con un poco de suerte, poder solucionar ese problema que pareces tener conmigo o con mi galería.

Bryn abrió la boca de par en par. ¿Se lo había imaginado o acababa de invitarla a cenar?

«¡No, claro que no!», se respondió a sí misma. Gabriel había hecho una afirmación, no le había preguntado nada. ¿Porque era un hombre acostumbrado a dar órdenes y a esperar que se obedecieran? ¿O simplemente porque no se le había ocurrido que Bryn, o cualquier otra mujer, pudiera rechazar una invitación de Gabriel D'Angelo, un hombre atractivo y un gran partido?

Tenía la sensación de que así era, pero salir a cenar

con él, hablar del problema que tenía con él y con la galería, no era una opción.

Gabriel casi podía ver la batalla que se estaba librando dentro de la hermosa cabeza de Bryn mientras intentaba encontrar un modo educado de rechazar su invitación; una invitación que sabía que no debería haber lanzado cuando no era capaz de mirar a Bryn sin desearla y cuando estaba claro que ella lo detestaba.

Esa Bryn susceptible era muy distinta de la Sabryna de cinco años atrás, pero incluso por aquel entonces Gabriel había sabido lo mucho que lo atraían su belleza y su inocencia. Solo la había besado una vez, aquel beso dulce y excitante, un beso que lo había impactado tanto que había seguido pensando en ella incluso meses después de que terminara el juicio de su padre y ella se hubiera negado a volver a verlo. Además, durante los años siguientes, en ciertos momentos se había visto preguntándose qué estaría haciendo, si sería feliz.

Ese único encuentro con ella por la mañana le había demostrado que la mujer en la que se había convertido, la mujer que era ahora, seguía generando un gran efecto en él.

Tanto, que estar a solas en su despacho con ella, e invadido por su especiado perfume, sabiendo que habría podido acariciar su suave y cremosa piel con solo haber levantado la mano había supuesto que se pasara las últimas seis horas pensando únicamente en ella.

¡Y cuánto se había excitado! Porque incluso ahora su excitación seguía ejerciendo presión contra la tela de sus vaqueros. Razón de más para alejarse de Bryn lo antes posible.

–Está claro que no –dijo con desdén, apartando la taza de café antes de levantarse bruscamente–. Creo que esto es tuyo –añadió dándole un tubo de metal.

–Mis gafas de leer... –respondió ella al agarrarlas y mirarlo con gesto de disculpa porque era cierto que había ido a devolverle algo que se le había caído del bolso.

Se humedeció los labios con la punta de la lengua antes de hablar.

–Ha sido muy amable al devolvérmelas tan rápido y en persona.

Él le lanzó una sonrisa burlona.

–Ha sonado como si te duela que lo haya hecho.

–Claro que no. Y me disculpo si cree que mis modales hacia usted han sido... menos que educados. De verdad que estoy muy agradecida por la oportunidad de exponer mis cuadros en Arcángel.

–Por lo que a ti respecta, Bryn, yo soy la Galería Arcángel –le dijo con dureza.

Bryn no sabía qué iba a hacer; lo único que sabía, tras haber llegado a ese punto, era que después de haber trabajado tanto y durante tantos años, ¡ahora era impensable verse obligada a retirar sus cuadros de la exposición por culpa del propietario de la galería! O por el hecho de que Gabriel pensara que sus modales eran tan inaceptables que decidiera expulsarla de la competición.

–No estoy segura de qué quiere decir con eso, señor D'Angelo –respondió vacilante; no había olvidado esos breves momentos de intimidad entre los dos en el despacho unas horas antes, cuando había estado segura de que iba a tocarle o besarle los pechos. Pero, por muy agradecida que estuviera de que no la hubiera reconocido, si Gabriel se creía que ser dueño de la galería le otorgaba cierto poder sobre ella...

–Creo que a mí tampoco me gusta lo que has insinuado, Bryn.

Ella tragó saliva antes de hablar.

–Bueno, a lo mejor podríamos ir a algún sitio y tomar algo para hablar de...

–No le veo sentido a hacerlo a menos que vayas a ser completamente sincera conmigo. ¿Vas a ser sincera conmigo?

Bryn se quedó sin aliento mientras lo miraba firmemente. ¿Habría descubierto quién era?

¡Claro que no! Por un lado dudaba que ese hombre se hubiera parado a pensar en la mujer y la hija de William Harper después de que lo hubieran encarcelado, y, por el otro, había cambiado tanto en los últimos cinco años, no solo de nombre sino también de aspecto y actitud, que era imposible que la hubiera asociado con la torpe adolescente a la que besó una vez. Además, si hubiera descubierto quién era en realidad, jamás le habría permitido acercarse ni a él ni a su galería...

–Bryn, necesito que vuelvas al mostrador ahora –la fría reprimenda de la encargada atravesó la tensión entre los dos.

Bryn dio un respingo sobresaltada al girarse hacia Sally sabiendo que se merecía esa llamada de atención; había estado hablando con Gabriel D'Angelo demasiado rato.

–Ahora mismo voy –prometió con tono animado antes de girarse hacia Gabriel–. ¿Nos vemos fuera a las ocho y cuarto?

Por un momento Gabriel se planteó decir que no, alejarse de esa mujer sin mirar atrás. La exposición ya estaba organizada y no había ninguna razón para que tuvieran que volver a verse hasta la noche previa al evento; Eric era más que capaz de ocuparse de todo y de asistir a las futuras reuniones que surgieran con Bryn Jones.

Existían demasiadas razones por las que debería guardar las distancias...

Capítulo 4

MIENTRAS la esperaba dentro del coche a que saliera de la cafetería Gabriel seguía replanteándose si era o no buena idea citarse con Bryn Jones.

No hacía falta ser muy listo para saber lo que Bryn había estado pensando antes o por qué lo había pensado. Su comportamiento no había sido muy profesional, y menos ese comentario sobre el hecho de que no llevara sujetador, ¡sobre todo teniendo en cuenta que estaba de rodillas frente a ella y mirándole los pechos cuando lo había dicho!

Razón de más para quedar con ella esa noche, aunque solo fuera para convencerla de que en el futuro los dos tendrían una relación profesional y nada más que eso.

Todos sus sentidos se pusieron en alerta, burlándose de ese último pensamiento, cuando miró por el cristal tintado de la ventanilla y vio a Bryn saliendo, por fin, de la cafetería con una cazadora vaquera corta sobre esa blusa de gasa que había llevado por la mañana y con gesto serio mientras lo buscaba entre el gentío que abarrotaba la calle.

–Bryn.

Ella se giró al oír la voz de Gabriel y esbozó una mueca de pesar al verlo salir del deportivo negro aparcado, de forma ilegal, en la acera de la cafetería. Los cristales tintados habían impedido que lo viera sentado ahí dentro.

—Señor D'Angelo —dijo mientras se dirigía hacia él—. Espero no haberle hecho esperar mucho —murmuró con educación.

—En absoluto —respondió abriéndole la puerta del copiloto y esperando a que subiera—. Y llámame «Gabriel» —le recordó con delicadeza.

Bryn ni se movió ni respondió al comentario.

—Eh... hay una pizzería a la vuelta de la esquina.

—Ya la he visto. Y, hazme caso, Bryn, lo que sirven ahí no es auténtica pizza italiana.

—Pero...

—Me apellido D'Angelo, Bryn —dijo enarcando las cejas.

No había entrado en los planes de Bryn ir a ningún sitio en su coche. Se había imaginado que se tomarían una porción de pizza y que estarían como una hora charlando amigablemente, o eso esperaba, antes de seguir cada uno por su camino. Pero teniendo en cuenta que se suponía que debía ser una reunión conciliadora, sería muy mezquino por su parte negarse a ir ahora. Además, con su apellido italiano, ¡seguro que sabía mucho más que ella sobre pizza!

—De acuerdo —sonrió al acomodarse en el asiento de piel negra decidida a que esa noche fuera mejor que sus dos encuentros previos y a comportarse como una artista novata que le estaba muy agradecida al propietario de la galería por darle esa oportunidad.

Tuvo que colocar en lo más hondo de su mente el hecho de que el deportivo y su lujoso interior de piel, junto con el aroma especiado del perfume de él, le recordaran a aquella noche en la que la había besado.

Gabriel cerró la puerta del copiloto una vez Bryn se

hubo acomodado en el asiento antes de volver al otro lado del coche y sentarse detrás del volante.

–¿Has tenido algún problema después de que me marchara?

–No, no ha pasado nada –respondió; no había necesidad de decirle que Sally la había reprendido por haber estado hablando con un cliente, por muy guapo que fuera, y que había mucha gente que querría su puesto de trabajo si ella no lo quería–. ¿Adónde vamos exactamente? –preguntó con interés mientras Gabriel conducía.

–Hay un pequeño restaurante familiar en una callecita del East End. Confía en mí, Bryn –dijo al fijarse en que se había quedado sorprendida.

–Seguro que está muy bien. Es solo que... No me parece que sea el tipo de restaurante al que irías tú –dijo algo incómoda.

–¿Y cuál sería mi tipo de restaurante...?

Bryn fue consciente de que volvía a estar en terreno peligroso al oír el tono desafiante de Gabriel; la tensión no había tardado en volver a hacer presencia entre los dos, por mucho que se hubiera prometido mantener una charla agradable y desenfadada.

–No tengo ni idea –respondió con sinceridad.

–Buena respuesta, Bryn –dijo Gabriel riéndose secamente y con aspecto de estar completamente relajado mientras sus manos se movían ligeramente sobre el volante del deportivo.

Tenía unas manos bonitas, como pudo ver Bryn. Largas, artísticas, y poderosas al mismo tiempo.

–¿Cómo te convertiste en un experto en arte? –preguntó con interés–. ¿Pintas? ¿O has heredado las galerías?

A Gabriel le quedó claro que Bryn había decidido

esforzarse por ser más educada y mantener una conversación que se alejara de lo personal dentro de lo posible. Por desgracia, si esa había sido su intención, había elegido el tema de conversación equivocado.

–Quise pintar –respondió con brusquedad–. Y hasta me licencié en Arte con esa intención, pero enseguida me di cuenta de que se me daba mejor valorar el arte que crearlo.

–Eso es... una pena.

–Sí, mucho –una de las mayores decepciones de su vida era que su verdadero talento artístico se basara en lo visual más que en el hecho de pintar en sí.

–Yo no puedo imaginarme sin expresarme a través de mis pinturas.

–El mundo del arte también lo lamentaría mucho –le aseguró. Y era verdad. En sus cuadros Bryn mostraba una percepción, un sentido, un saber, incluso con una simple rosa marchita, que iba más allá de lo visible a simple vista. Eso era lo que hacía que sus pinturas fueran únicas.

–Pues hasta ahora el mundo del arte no me había dado ninguna oportunidad –dijo encogiéndose de hombros.

–Eso es probablemente porque las galerías a las que has mostrado tu trabajo estaban buscando cosas que puedan vender a los turistas para que lo cuelguen en sus salones y puedan recordar su visita a Londres al mirarlos. Tus cuadros son demasiado buenos para eso. Arcángel no tendría ningún interés en mostrarlos de no ser así.

–No recuerdo haberte dicho qué galerías he visitado en el pasado.

–No ha hecho falta que me lo dijeras –dijo Gabriel sin más al no tener ninguna intención de encender la tensión entre ellos diciéndole que en Arcángel tenían varios archivos con información suya.

–Pero...

–Ya hemos llegado –anunció él al ver que habían llegado a Antonio's–. No te dejes engañar por el exterior, ni tampoco por el interior –añadió secamente al aparcar delante del pequeño restaurante antes de salir y abrirle la puerta del coche–. Antonio hace la mejor comida italiana de todo Londres, y a ninguno de sus clientes les importa la decoración.

Bryn se alegró de la advertencia al entrar en el interior tan bien iluminado. Había un fuerte olor a ajo en el aire, mesas abarrotadas cubiertas con manteles de cuadros blancos y rojos, plantas artificiales colgando de cada rincón y recoveco, y la voz de un extremadamente entusiasta tenor italiano sonando por los altavoces.

–Toni canta y graba sus propias canciones –le explicó Gabriel al ver a Bryn estremecerse en un momento de desafinación.

–¿En esto también tendré que fiarme de ti? –le dijo en broma antes de tensarse por lo que acababa de decir. Porque Gabriel D'Angelo era el último hombre en quien confiaría.

–¡Gabrielo! –un hombre corpulento y con la cara redonda cruzó la sala apresuradamente para saludarlos y estrecharle la mano con entusiasmo–. ¡Hace mucho que no te vemos por aquí!

–Eso es porque he estado en París...

–¡Ajá! Ya veo qué te ha tenido alejado de nosotros, Gabrielo –dijo mirando a Bryn con calidez–. ¿Has traído a la joven dama para que nos conozca a la Mamma y a mí?

–No... –comenzó a decir Bryn.

–Le he prometido a Bryn una de vuestras famosas

pizzas y una botella de vuestro mejor Chianti, Toni –interpuso Gabriel interrumpiendo a Bryn y agarrándola del codo.

–No hay problema –dijo el hombre sonriendo–. Tú elige una mesa para ti y tu dama y yo le diré a Mamma que os traiga el vino.

Encontrar una mesa para sentarse no resultó tan fácil como parecía. Gabriel tenía razón, el lugar estaba abarrotado a pesar de la música y la decoración. Afortunadamente, una joven pareja con un bebé estaba a punto de marcharse y pudieron ocupar la mesa antes de que se los adelantara alguien.

–Esto es una especie de locura maravillosa –murmuró Bryn unos minutos después sintiéndose ligeramente perpleja por todas las personas que tenían a su alrededor hablando a gritos, especialmente en italiano, y gesticulando profusamente con las manos.

Gabriel sonrió.

–Mi madre siempre se refiere a Antonio's como «pintoresco».

–¿Tu madre también viene aquí?

–Sí. Mi padre insiste en venir a comer aquí al menos una vez por semana siempre que están en Londres.

Tal vez no fuera buena idea hablar de los padres de Gabriel, pero sin duda era un tema de conversación mucho más seguro que hablar de los suyos.

–¿Dónde viven tus padres?

–Se mudaron a Florida hace diez años cuando mi padre se jubiló y abandonó la gerencia de la Galería Arcángel original, que era la única que teníamos en aquel momento, para que la lleváramos mis hermanos y yo –respondió encogiéndose de hombros y sorprendiéndola al mostrarse absolutamente relajado en ese lugar.

Ella sonrió ligeramente.

–Raphael y Michael.

–Los nombres los eligió mi madre movida por su vena romántica.

–Y desde entonces habéis abierto dos galerías más, una en Nueva York y otra en París. Pero ya que tenéis raíces italianas, ¿por qué no una en Roma?

–Los D'Angelo siempre han visitado Italia por placer, no por trabajo –respondió lanzándole una de esas sonrisas absolutamente arrebatadoras que lo hacían parecer varios años más joven y que le dejó claro qué clase de placeres disfrutaban los tres hermanos en Italia.

–¡Gabrielo! –exclamó una mujer morena, alta y voluptuosa, sin duda la esposa de Toni, al acercarse a ellos, dejar una botella de vino y dos vasos sobre la mesa y abrazarlo contra su voluminoso pecho antes de comenzar a hablar en italiano.

–En inglés, por favor, Maria –dijo Gabriel riéndose.

–¡Te veo tan guapo como siempre! ¡Ah, si tuviera veinte años menos! –añadió con melancolía.

–Aunque los tuvieras, jamás dejarías a Antonio –respondió él sonriéndole con calidez.

Bryn se sintió algo desconcertada, tanto por la cercanía con que Toni y Maria lo habían saludado, como por la cálida respuesta que él les había dado. Le resultaba mucho más fácil guardar las distancias cuando podía seguir viéndolo como un hombre frío y despiadado que había marcado el destino de su padre. La calidez que le habían mostrado Maria y Toni y el obvio afecto que él sentía por ambos revelaban una faceta completamente distinta del despiadado y arrogante Gabriel D'Angelo. Era algo que Bryn no se había esperado, y menos, después de ese momento de intimidad que habían vivido en su despacho.

–Toni me ha dicho que has traído a tu chica contigo –dijo Maria mirando a Bryn.

–¡No avergüences a Bryn, por favor, Maria! –la advirtió Gabriel apresuradamente mientras se preguntaba si había sido buena idea llevarla a Antonio's. La pareja italiana siempre le estaba preguntando cuándo iba a sentar la cabeza y tener bambinos, y Bryn era la primera mujer que había llevado allí.

En su defensa había que decir que llevar a Bryn al restaurante había sido una reacción instintiva al hecho de que ella creyera, obviamente, que era un hombre que se consideraba demasiado superior como para frecuentar cadenas de cafetería y pequeños restaurantes italianos en lugar de restaurantes y bares exclusivos. Pero había olvidado contar con las consecuencias que supondría llevar a una mujer a Antonio's por primera vez; en el pasado solo había ido allí con miembros de su familia sabiendo que a las mujeres con las que solía salir no les importaría lo más mínimo lo buena que era la comida, ya que ese pequeño restaurante no era lo suficientemente estiloso ni exclusivo como para satisfacer sus «sofisticados» gustos.

Y no porque pensara que Bryn no era sofisticada. La única razón para llevarla allí había sido mostrarle que no era un arrogante, como ella tan claramente consideraba.

Lo que no debía hacer ahora era ver el encuentro como una cita...

¡Al infierno! Fuera cual fuera la razón por la que la había llevado, ahora estaba ahí y era culpa suya si tenía que aguantar las bromas y las indirectas de Toni y Maria.

–Maria, Bryn. Bryn, Maria, la esposa de Toni –las presentó.

–¿A que no es lo que te esperabas?

Bryn dio un sorbo del Chianti que Gabriel había servido en los vasos después de que Maria se hubiera ido corriendo a la cocina tras las presentaciones para ver cómo marchaba su pizza. ¡Unas presentaciones en las que él no se había molestado en aclarar quién era o no era Bryn!

Y no, ese restaurante ruidoso y desorganizado no era la clase de lugar en el que se habría imaginado al Gabriel D'Angelo que había visto esa mañana en Arcángel, un D'Angelo arrogante con su traje de diseño, y su camisa y su corbata de seda.

–Tengo razones para esperar que la pizza esté tan deliciosa como este Chianti.

–Oh, lo estará –asintió Gabriel mirándola fijamente desde el otro lado de la mesa–. Aunque probablemente debería haberte llevado a un sitio con un poco más de categoría para celebrar que formas parte de la Exposición de Nuevos Artistas.

–¿Entonces no habrías tenido que invitar también a los otros cinco finalistas y al reserva?

Él sonrió forzadamente.

–No.

–Oh –Bryn pudo sentir el rubor en sus mejillas, pero fue sensata y no dijo nada; ya había sacado conclusiones erróneas sobre Gabriel esa noche y no tenía ninguna intención de volver a sacar otra–. Bueno, a mí esto me parece perfecto –se apresuró a añadir–. De todos modos, seguro que en otro sitio demasiado sofisticado me habría sentido fuera de lugar. No es que haya salido mucho por ahí a cenar desde... Esto está muy bien –dijo bajando la mirada para evitar los penetrantes ojos de Gabriel. Había estado a punto de decir «desde que mi padre entró en la cárcel», y un desliz como ese podría haberle costado la participación en la exposición.

No tenía ninguna duda de que, más que el hombre que tenía delante, era el ambiente informal que la rodeaba el responsable de que se sintiera tan relajada como para haber estado a punto de hablar sin pensar. No había nada en Gabriel que la hiciera relajarse, ni su físico ni las reacciones que le provocaba.

–Por ti, Bryn –Gabriel alzó el vaso para brindar, al parecer ajeno a su agitación interior–. Esperemos que la exposición, además de un éxito, sea el primero de los muchos que tengas.

–¡Brindo por eso! –contestó antes de dar un sorbo de vino–. ¡Oh, vaya! –abrió los ojos de par en par al ver a Maria moviéndose con destreza entre la multitud de clientes en dirección a su mesa y cargando con la pizza más grande que Bryn había visto en su vida. Dejó el plato en el centro y, sonriendo, les dijo «¡Disfrutad!» antes de marcharse corriendo otra vez.

A Bryn se le hizo la boca agua al mirar la pizza cargada de pepperoni, champiñones, cebolla, espinacas, jamón y berenjenas.

–Espero que no te importe que no lleve anchoas. Toni sabe que no me gustan.

–¿Estás de broma? ¿Quién iba a echarlas de menos con todos los ingredientes que lleva? –respondió Bryn riéndose encantada y sin dejar de mirar la pizza.

Gabriel sintió cómo se le hacía la boca agua ante la imagen de una Bryn tan relajada y sonriente; esos ojos grisáceos tan cálidos y resplandecientes, sus mejillas ligeramente sonrojadas, sus labios carnosos, sensuales y rosados que no requerían de ningún brillo labial de esos que tantas mujeres usaban y que tan poco le gustaban a él.

¡Ver esos tentadores labios mientras Bryn comía la pizza sería una auténtica tortura física!

–¡Venga, a comer antes de que se enfríe! No hay ni cuchillos ni tenedores. El único modo de comer pizza es con los dedos.

–¿Eso es otro «gabrielismo»? –bromeó al servirse una porción.

–Confía en mí –murmuró él con tono suave.

–No dejas de decir eso...

Y así era. Porque después de volver a reunirse con Bryn sabiendo que ella pensaba que no sabía quién era, y sabiendo lo mucho que aún la deseaba, Gabriel quería que confiara en él.

–Esta noche lo he pasado genial, gracias –murmuró Bryn cuando estaban sentados en la oscuridad del interior del deportivo. Él había aparcado fuera del viejo edificio victoriano donde vivía Bryn y la luz de la luna era lo único que iluminaba la tranquila calle residencial.

De no ser porque no estaba lloviendo, habría sido un final igual que el de aquella noche de cinco años atrás.

En aquel momento ella había estado semanas fantaseando con Gabriel, totalmente embobada con su impresionante físico y su aire de seguridad en sí mismo. Después de que él hubiera ido a su casa a hablar con su padre en un par de ocasiones, ella se había acostumbrado a pasar por la Galería Arcángel varias veces por semana con la esperanza de poder volver a verlo.

Aquella noche estaba por allí a la hora del cierre diciéndose que solo estaba esperando a que cesara la lluvia para salir corriendo hacia la parada de autobús cuando, en realidad, había estado esperando poder ver a Gabriel cuando saliera de la galería.

Se había quedado sin aliento al verlo salir por la puerta y un intenso rubor le había cubierto las mejillas cuando él había alzado la vista y la había visto. Al cabo de unos segundos la había reconocido y sus ojos chocolate se habían abierto de par en par; después, se había acercado a hablar con ella. Había sido una conversación bastante forzada por parte de Bryn, que se había quedado sin habla cuando Gabriel le había preguntado si podía llevarla a casa.

Una vez dentro del deportivo, había sido más que consciente de la proximidad de Gabriel y había temblado de nervios y expectación por lo que pudiera pasar durante el silencioso trayecto.

Lo había mirado con timidez bajo sus negras pestañas una vez él había parado en su puerta.

–Gracias por traerme –había dicho para, a continuación, lamentar su falta de sofisticación.

–De nada –había respondido él con voz ronca a la vez que se giraba para mirarla–. Sabryna, yo... Mañana va a haber... –se había detenido y fruncido el ceño con gesto adusto–. Oh, a la mierda, si me voy a quemar de todos modos, mejor lanzarme a las llamas directamente –había susurrado para sí antes de agachar la cabeza y besarla.

Había sido el beso más exquisito que Bryn había recibido en su vida, lento e incisivo, pero al mismo tiempo tan cargado de erotismo que se había sentido como si se estuviera ahogando en los sentimientos y emociones que le recorrían el cuerpo.

Esas emociones la habían dejado completamente aturdida cuando Gabriel, repentinamente, había apar-

tado la boca para lanzarle una mirada ardiente y apasio-
nada antes de girarse.

–Deberías entrar –murmuró con tono adusto–. E intenta no... No importa –había añadido al girarse para
mirarla con unos ojos atormentados–. Lo siento, Sabryna.

–¿Por besarme? –le había preguntado ella atónita.

–No. Jamás lamentaré haberlo hecho. Solo... intenta
no odiarme demasiado, ¿de acuerdo?

En aquel momento Bryn había pensado que jamás podría odiarlo, que lo amaba demasiado como para hacerlo.
Al día siguiente, ese «mañana» al que Gabriel se había
referido tan indirectamente, su mundo se había derrum-
bado cuando habían arrestado a su padre por falsificación
con Gabriel como principal testigo en su contra.

–Me alegro –murmuró Gabriel ahora, en respuesta a
su previo comentario.

Bryn volvió al presente de golpe.

–Te diría que pasaras a tomar un café, pero...

Había sido una noche sorprendentemente agradable,
admitió muy a su pesar dado que el pasado no debería
haberle permitido disfrutar de una noche con el odioso
Gabriel D'Angelo.

Pero lo había hecho...

La comida había sido excelente y el restaurante abarrotado y el vocerío habían formado parte del entrete-
nimiento. ¡Dos vasos de vino y hasta había terminado
apreciando las interpretaciones desafinadas de Toni de
las clásicas arias italianas!

En cuanto a la compañía... Gabriel había demostrado
ser un compañero de cena ameno mientras había escuchado algunas de las anécdotas más divertidas que les
habían sucedido a los hermanos D'Angelo durante los
años que llevaban regentando las galerías.

Para cuando salieron del restaurante se sentía absolutamente cómoda en su compañía, tanto que le había parecido algo de lo más natural aceptar que la llevara a casa. Sin embargo, por muy agradable que hubiera sido la noche, tenía que admitir que ahora encontraba a Gabriel mucho más inquietante que cinco años atrás.

Como Gabriel D'Angelo, era inconfundiblemente inteligente y pecaminosamente guapo, además de rico y poderoso.

Como Gabriel, era claramente inteligente y guapo, pero también se mostraba relajado y encantador, además de tener un pícaro sentido del humor y una calidez que le habían permitido aceptar, sin inmutarse lo más mínimo, el entusiasta beso que Maria le había plantado en los labios tras decirle «vuelve pronto a verme» antes de que hubieran salido del restaurante.

Todo ello, junto con ese físico oscuro y fascinante, había hecho que Bryn fuera consciente de que corría el peligro de caer bajo el hechizo de ese hombre por segunda vez en su vida.

—¿Pero? —Gabriel se giró en su asiento para sacar a Bryn de su continuado silencio.

—¿Cómo dices?

—Te diría que pasaras a tomar un café, pero... —le recordó.

Ella sonrió con cierto pesar.

—Es el modo educado que tiene una mujer de dar las gracias por la noche, pero de decir que aquí termina.

—¿Es que no tienes café?

—Yo siempre tengo café.

—¿Entonces por qué no me invitas a pasar?

Ella batió sus largas pestañas.

—Yo... eh, bueno... es que es tarde.

—Solo son las once —no había creído que fuera posible, pero la atracción que sentía por ella se había intensificado en las últimas horas y ahora estaba desesperado por saborear y sentir esos carnosos labios que llevaban toda la noche atormentándolo.

Tan desesperado que se movió para cubrir la distancia que los separaba.

—Bryn...

—¡Por favor, no!

—¿Por qué no?

Ella se humedeció los labios antes de responder.

—¿Por qué echar a perder una noche perfectamente buena?

—¿Que te bese echaría a perder la noche?

—Por favor, Gabriel...

—Pero eso es lo que quiero hacer, Bryn... ¡Complacerte!

Terminó de acercarse y la llevó hacia sus brazos mirándola con deseo.

—¡No puedo! —ella tenía los ojos cubiertos de lágrimas y las manos paralizadas entre los dos, sin apartar a Gabriel, pero intentando desesperadamente no tocarlo—. No puedo —repitió.

Fue la desesperación que captó en su voz, junto con esas lágrimas que resplandecían en sus ojos, lo que hicieron que lo recorriera un escalofrío.

—Habla conmigo, Bryn. ¡Por el amor de Dios, habla conmigo!

—No puedo —dijo sacudiendo la cabeza con desesperación.

—Tengo que besarte, maldita sea —contestó deseándola, pero sobre todo deseando que confiara en él.

Que le confiara su cuerpo. Sus emociones. Su pasado...

Bryn lo miró bajo la luz de la luna durante unos segundos de tensión que parecieron interminables antes de volver a sacudir la cabeza con determinación.

–De verdad que no puedo –repitió.

–¡No me vale, Bryn! Dime que no quieres que te bese, que no lo deseas tanto como yo, que no llevas toda la noche deseándolo, y no te lo volveré a pedir.

–Eso tampoco puedo hacerlo –admitió con un sollozo de desesperación.

–¿Quieres que decida por los dos? ¿Es eso lo que quieres? –le preguntó con dureza.

¡Bryn ya no estaba segura de qué quería!

Bueno... sí que lo estaba, pero lo que quería, besar a Gabriel y que la besara, era lo que no debía desear. ¡Era un D'Angelo, por el amor de Dios! Y por muy encantador y divertido que se hubiera mostrado esa noche, debajo de todo ese encanto seguía siendo el frío y despiadado Gabriel de años atrás. Permitir... ¡querer!... besarlo y que la besara iba en contra de su instinto de protección y de su sentido de la lealtad.

Sin embargo, no podía obviar el hecho de que el hombre al que había visto ese día, con el que había pasado la noche, el mismo que hacía que se le acelerara el pulso y que su cuerpo reaccionara de ese modo, no era en absoluto ni frío ni despiadado, sino atractivo y seductor. Ese hombre era el hombre al que deseaba besar con desesperación. Lo cual era una auténtica locura cuando sabía exactamente cómo reaccionaría Gabriel si supiera quién era ella en realidad.

–Por favor, déjame pasar, Bryn.

No podía respirar mientras lo miraba y fue incapaz de detenerlo cuando le cubrió las mejillas con las manos y le alzó la cara para que lo mirara; se sintió absolutamente perdida en las oscuras y cálidas profundidades de sus penetrantes ojos marrones mientras su boca descendía lentamente hacia la suya.

Capítulo 5

BRYN se derritió cuando Gabriel saboreó y devoró sus labios mientras ella entrelazaba los dedos en el cabello que le cubría la nuca. Sus pechos excitados descansaron sobre la dureza de su torso después de que él la llevara hacia sí sin dejar de besarla y con un deseo cada vez más intenso.

Un deseo que ella tampoco pudo evitar sentir al percibir el roce de la lengua de Gabriel contra su labio inferior y adentrándose en su boca, saboreándola, aprendiendo cada rincón, cada curva, mientras las manos de él se deslizaban por su espalda.

Sin embargo, interrumpió el beso y arqueó su esbelto cuello al sentir la mano de Gabriel alzándole la blusa y sus dedos acariciándole la espalda, el abdomen y, finalmente, posándose sobre la desnudez de su pecho.

La suave presión de su pulgar fue como una arrolladora tortura sobre su excitado pezón mientras él le besaba el cuello haciendo que la recorriera una oleada de placer que despertó un húmedo calor entre sus muslos. Podía sentir la respiración entrecortada de él contra su garganta mientras le desabrochaba los botones de la blusa y comenzaba a deslizar los labios sobre sus pechos antes de tomar el pezón en la ardiente humedad de su boca.

Bryn echó la cabeza contra el asiento sin dejar de

aferrarse a su cabello y sintiendo el intenso placer de la doble acometida de los labios y los dedos de Gabriel contra sus pechos hasta un punto que se le hacía casi insoportable. Casi...

El placer era demasiado bueno, demasiado exquisito, según iba en aumento y el calor iba subiendo hasta hacerla sentir que iba a explotar en mil pedazos y que jamás volvería a recomponerse. Nunca.

—¡Gabriel, tienes que parar!

Gabriel estaba tan excitado por el sabor de Bryn y el deseo que se había propagado tan intensa y descontroladamente entre ambos que tardó un momento en darse cuenta de que estaba apartándolo e intentando liberarse de sus brazos.

Se echó atrás en cuanto fue consciente de lo que Bryn estaba haciendo; nunca había forzado a ninguna mujer y no estaba dispuesto a empezar a hacerlo ahora. Deseaba a Bryn demasiado como para querer hacer algo que ella no quisiera ni deseara tanto como él.

—Vaya, me he olvidado por completo de dónde estábamos. Lo siento, Bryn —nervioso, se pasó una mano por el pelo.

Ella evitó mirarlo mientras se colocaba la blusa con manos temblorosas; se la veía pálida bajo la luz de la luna.

—¿Bryn?

—Ahora no, Gabriel. Mejor dicho, ¡nunca! —insistió sin dejar de temblar—. Tengo que irme. Yo... gracias por la cena. Me ha gustado mucho ir a Antonio's.

—¿Pero no te ha gustado lo que ha venido después? —murmuró Gabriel.

—Seguro que estarás de acuerdo en que no ha sido lo más sensato que hemos hecho en nuestras vidas... —le respondió mirando por la ventanilla.

–Bryn, ¿puedes mirarme, por favor? ¡Háblame, maldita sea!

Ella se giró lentamente con los ojos de par en par y las mejillas pálidas como el marfil.

–No sé qué quieres que diga.

–¿Ah, no?

–¿Qué tal algo como «esto no debería haber pasado nunca»? –sacudió la cabeza–. Bueno, eso ya lo sabemos los dos.

–¿Ah, sí?

–Sí –Bryn lo miró–. A menos que... ¿Es este el procedimiento habitual? ¿Esperabas que fuera a estarte tan agradecida de que me incluyeras en la exposición como para...? –se detuvo bruscamente al ver que Gabriel estaba apretando los dientes y captar el brillo de rabia en la oscuridad de su mirada.

–Estoy empezando a cansarme un poco de esa acusación, Bryn –dijo con tono suave, aunque algo amenazante–. Y no, besarme no es el precio que tienes que pagar por entrar en la exposición!

–No he dicho eso exactamente...

–¡No te ha hecho falta hacerlo exactamente! –le contestó con dureza preguntándose si alguna vez en su vida se había mostrado tan furioso–. ¿Qué clase de hombre crees que soy? No me respondas a eso –se corrigió de inmediato. Ya sabía qué clase de hombre creía que era.

Gabriel había creído que, tras un comienzo atropellado, habían logrado pasar una noche relajada, que Bryn estaba empezando a ver más allá de lo sucedido en el pasado, que estaba empezando a verlo a él al margen de aquello, pero en cambio ahora lo veía capaz de aprovechar su posición de propietario de la galería para... ¡Qué idiota había sido al pensar que Bryn pudiera llegar a verlo como algo más que el hombre que ayudó a meter a su padre en la cárcel!

–Tienes razón, Bryn. Deberías entrar –dijo con frialdad– antes de que se te ocurra alguna otra cosa con la que insultarme.

–No ha sido mi intención insultarte...

–¡Pues que Dios me ayude si alguna vez te planteas hacerlo! –murmuró indignado.

Ella se humedeció los labios con la punta de la lengua.

–Yo solo... Haber salido a cenar, lo que acaba de pasar... todo ha sido un error.

–¿Mío o tuyo?

–¡De los dos! Y, por el bien de la exposición, creo que sería mejor que no volviera a pasar. Que desde ahora nuestra relación sea estrictamente profesional.

–¿Y crees que eso es posible después de lo que acaba de pasar?

Si en un principio Bryn no estaba segura de haber podido mantener una relación profesional con Gabriel, después de cómo había respondido hacía un momento, ya estaba completamente convencida. Él no había tenido más que besarla y acariciarla para que se olvidara de todo lo demás al instante. En ese momento no le había importado ninguna otra cosa. Nada.

Y eso no podía ser. Porque no estaba dispuesta a sufrir enamorándose de Gabriel D'Angelo.

¡Otra vez no!

Al ver el modo en que alzaba la barbilla y el brillo de decisión en su mirada, Gabriel supo que estaba hablando en serio y que quería que tuvieran una relación exclusivamente profesional.

Si bien, no por la razón que ella había argumentado.

Tenía treinta y tres años de los cuales llevaba diecisiete siendo sexualmente activo, y poseía experiencia suficiente para saber cuándo una mujer lo deseaba. Y, le gustara o no, Bryn se había pasado la noche mirándolo como si lo deseara tanto como él la deseaba, y lo que acababa de suceder había sido un resultado directo de deseo mutuo. Por mucho que Bryn quisiera que no fuera así, por mucho que le pareciera una locura por su parte sentirse atraída por Gabriel cuando aún arrastraba el dolor del pasado, nada de eso cambiaba el hecho de que lo deseara.

Que de verdad le gustara o no era otra cosa, y eso era algo que a Gabriel le importaba.

Porque no solo deseaba a Bryn, sino que también le gustaba. Le había gustado cinco años atrás, incluso antes de haber visto su inquebrantable lealtad hacia su padre y la discreta fortaleza que le había ofrecido a su madre mientras las dos se habían sentado juntas en la sala de tribunal día tras día.

Del mismo modo admiraba su determinación, esa tenacidad tan intensa como para haber estado dispuesta a relacionarse con la Galería Arcángel y toparse, al menos, con uno de los hermanos D'Angelo que tanto odiaba para poder alcanzar el éxito que ambicionaba.

Besarla sabiendo que no era correspondido no era una opción para Gabriel. No, con esa mujer en particular.

—De acuerdo, Bryn, si eso es lo que quieres, entonces así será de ahora en adelante —dijo bruscamente.

—¿Estás diciendo que accedes a… a que entre nosotros solo exista una relación profesional?

—Creo que es lo que acabo de decir, sí. ¿Es que no me crees? —preguntó mirándola con recelo.

Por supuesto que Bryn le creía; ¿por qué no iba a hacerlo cuando ni cinco años atrás ni ahora había hecho nada que le diera motivos para no creer que siempre hablaba en serio?

Pero lo cierto era... ¡que no le creía! ¡Maldita sea! Una parte de ella seguía furiosa y dolida por que Gabriel hubiera accedido tan fácilmente a que los dos mantuvieran una relación estrictamente profesional por mucho que hubiera sido ella la que lo había propuesto.

Y eso era absolutamente ridículo. La exposición no se celebraría hasta el mes siguiente y, por lo que Gabriel le había contado antes, sabía que tendría que ir a la galería durante las próximas semanas y mantener un mínimo de educación durante ese tiempo.

Eso Bryn ya lo sabía. Y lo aceptaba si pensaba con sensatez. Dejándose llevar por la irracionalidad sabía que la atracción que había sentido hacia Gabriel cinco años atrás, por muy enterrada y dormida que hubiera estado durante esos años, seguía mucho más viva en su interior y solo había hecho falta verlo y estar con él para que reavivara. ¡Para que se descontrolara!

Al igual que se había descontrolado ella unos minutos antes, tanto que había estado al borde del orgasmo solo por el hecho de sentir los labios y las manos de Gabriel sobre su cuerpo.

Lo que lo empeoraba todo, lo que hacía que fuera mucho más complicado luchar contra ese deseo por segunda vez, era saber que Gabriel también sentía esa atracción. Una atracción y un deseo por Bryn Jones. ¡Porque a Sabryna Harper no la habría permitido acercarse a él!

Razón por la que los dos no podían repetir lo sucedido, por la que tenían que establecer de inmediato unas normas que rigieran sus futuros encuentros.

—Me parece bien —dijo al abrir la puerta.

—Espera —le dijo Gabriel secamente antes de bajar del coche—. Mi madre me enseñó que es de buena educación, y mucho más seguro, acompañar siempre a una señorita hasta su puerta –le explicó cuando ella lo miró asombrada.

Una gentileza que Bryn no estaba segura de merecer después de su falta de educación.

–De nuevo, gracias por la cena y por llevarme a Antonio's. Sin duda, es el mejor sitio para comer pizza –murmuró mientras buscaba las llaves en el bolso ya junto a su puerta.

Él asintió.

–Me marcho de viaje de negocios unos días, así que lo más probable es que no te vea hasta el lunes, pero ya conoces a Eric.

–Sí –¿lo que estaba sintiendo ahora de pronto en el pecho era decepción por saber que no podría volver a verlo hasta el lunes? Si era así, entonces tenía más problemas de los que creía–. ¿Vas a algún sitio interesante? –le preguntó intentando sonar indiferente.

–A Roma.

Bryn abrió los ojos de par en par al recordar que hacía un momento Gabriel le había dicho que solo viajaba allí «por placer». Sin embargo, después de haber dicho que solo le interesaba tener una relación profesional con él, no tenía ningún derecho a mostrar la más mínima curiosidad por los motivos que lo llevaban hasta allí ni, mucho menos, a sentirse atacada por los celos.

–¿Bryn?

Forzándose a mirarlo y a sonreír mientras abría la puerta, le dijo:

–Que disfrutes en Roma.

–Suelo hacerlo –respondió él mirándola durante unos segundos antes de aceptar que ya no tenían nada más que decirse. Se giró y volvió al coche preguntándose si se habría imaginado lo callada que se había quedado después de mencionarle lo del viaje y ese tono de crispación en su voz cuando finalmente le había hablado. Aunque, si no se lo había imaginado, ¿qué había significado todo eso?

No lo que él se esperaba, se dijo con sorna. No, lo único que indicaba todo eso era que Bryn se sentía aliviada por el hecho de no tener que verlo el lunes. Si creía que se debía a cualquier otro motivo, no estaba haciendo más que engañarse a sí mismo. Bryn había dejado más que claro lo que pensaba de él y la razón por la que consideraba que la había besado, cuando en realidad la razón había sido que no había sido capaz de resistirse más. Que no había podido luchar contra el hecho de que fuera la última mujer del mundo con la que debería tener algo porque el deseo que sentía por saborearla era demasiado grande. ¡Y qué bien le había sabido! Por mucho que Bryn quisiera negárselo, había respondido a esos besos y no había protestado cuando le había acariciado los pechos.

Ahora necesitaba estar un tiempo alejado, poner algo de distancia... literalmente... entre los dos. Y con un poco de suerte, para cuando volviera a verla, ya tendría todo ese deseo bajo control.

Fue horas después, varias horas y media botella de whisky después, mientras revivía en su cabeza una y otra vez la noche que habían compartido, cuando recordó de pronto que le había mencionado que solo iba a Roma «por placer».

Se preguntó si esa sería la razón de su crispación... y esperó que así fuera...

—Es increíble, Eric —dijo Bryn con el rostro iluminado mientras admiraba el marco bañado en plata que le habían colocado al cuadro al que en su cabeza siempre se refería como *Muerte de una rosa* y que simbolizaba la muerte de cualquier tipo: del amor, de la esperanza, de los sueños.

Bryn había pasado gran parte de su tiempo libre en Arcángel durante los últimos cuatro días, segura ante el hecho de que Gabriel seguía en Roma. Lo mejor de cada día habían sido las horas que había pasado en el sótano de la galería con Eric eligiendo los marcos que, según su criterio, mejor harían destacar los diez cuadros que expondría. Y esa noche no era una excepción.

Por lo que sabía, Gabriel había pasado esos mismos cuatro días y noches en Roma, sin duda alimentado todos sus «placeres».

Ella se había mantenido ocupada a la vez que se había decidido a no pensar ni en él, ni en la noche que habían pasado juntos, ¡ni en cómo ahora estaría disfrutando en Roma!

–¡Es perfecto! –dijo entusiasmada sin dejar de mirar el cuadro enmarcado.

–Gabriel tendrá la última palabra, por supuesto, pero creo que le gustará lo que hemos hecho por ahora. Y si no, no hay duda de que lo cambiará –añadió con pesar.

La sonrisa de Bryn se desvaneció ante la mención de Gabriel.

–¿Eso hará?

–Tiene muy buen ojo para esto.

–¿Mejor que el tuyo?

–Mucho mejor –le confirmó Eric sin ningún atisbo de rencor–. Todos los hermanos D'Angelo lo tienen. Son la razón por la que quería trabajar para las Galerías Arcángel.

Eric descolgó el cuadro de donde lo habían colocado para apreciar mejor el efecto del marco.

–¿Te apetece ir a tomar algo cuando terminemos aquí?

–Eh...

–Creo que acabarás dándote cuenta de que Bryn no mezcla el trabajo con el placer.

El corazón se le paró ante el áspero sonido de la voz de Gabriel tras ella. Se dio la vuelta rápidamente y se lo encontró en la puerta y...

Y mucho más atractivo de lo que había estado la última vez que lo había visto, si es que eso era posible, con su traje de diseño marrón oscuro, su camisa color crema y una corbata de seda, el pelo con un peinado desenfadado y el rostro bronceado con un tono dorado más intenso que hacía destacar el color de sus cálidos ojos chocolate.

Pero esa noche su mirada no era cálida. Era fría. Como un escalofrío gélido.

Un escalofrío que la recorrió según la frialdad de esa mirada iba recorriéndola de pies a cabeza. Él arrugó la boca en un gesto de desdén al ver su camiseta negra de manga corta, unos vaqueros de cadera baja y un rostro limpio de maquillaje. Comparada con la elegancia de Gabriel, parecía la estudiante arruinada que había sido una vez... y que tal vez aún era.

Estaba más hermosa que nunca, admitió irritado al ver el resplandor de sus ojos grises y sus mejillas sonrojadas. Estando en compañía de Eric su mirada sí que había tenido un brillo y sus mejillas color, pero entonces lo había visto a él y había palidecido.

Miró a Eric.

–Si has terminado con Bryn por hoy, tengo que hablar con ella un momento –no estaba dispuesto a aceptar un «no» por respuesta. Ni de Eric ni de Bryn.

–La verdad es que... –comenzó a decir Bryn con timidez– tengo...

–Creo que será mejor que subamos a mi despacho para mantener esta conversación, Bryn.

Ella abrió los ojos de par en par y se humedeció los labios; apenas podía tragar.

–Eh... sí, claro. ¿Dejamos la copa para otro día, Eric?

Eric esbozó una relajada sonrisa ajeno a la tensión subyacente entre Gabriel y Bryn.

–Sin problema.

Gabriel siempre había sentido mucho respeto y aprecio por su experto en arte y habría odiado tener que echar a perder su relación con él.

–¿Bryn?

Ella agarró su cazadora vaquera y el bolso antes de salir por la puerta pegando la espalda al marco para no entrar en contacto con él.

–¿Whisky?

Bryn estaba en mitad del elegante despacho de Gabriel viendo cómo se quitaba la chaqueta y la dejaba sobre una silla antes de acercarse al mueble bar. En el ascensor habían estado en completo silencio.

–Es un poco pronto para mí, gracias. A menos que pienses que me puede hacer falta.

Gabriel no dijo nada mientras sirvió dos vasos de whisky y le acercó el suyo a Bryn.

Los últimos cuatro días habían sido un éxito en el terreno laboral, pero no tanto en el personal, ya que no había logrado sacársela de la cabeza. No había dejado de pensar en esa última noche en la que el deseo de ambos se había descontrolado tanto como sabía que volvería a descontrolarse a pesar del acuerdo que ella había propuesto y al que él había accedido a regañadientes. La había deseado cinco años atrás y aún la deseaba. Y eso era algo de lo que no se había podido desprender esa noche que había pasado en Roma con la bella Lucia, cuando la había acompañado hasta su casa y se había marchado en lugar de quedarse a pasar la noche con ella, como habría hecho en condiciones normales. No había tenido el más mínimo deseo de acostarse con la belleza morena porque Bryn era la mujer que deseaba. En sus brazos, en su cama. ¡En su poder! Y eso no sucedería nunca mientras los sucesos del pasado siguieran acechando en las sombras.

—Vas a necesitarlo. Los dos —añadió dando un buen sorbo mientras el perfume especiado de Bryn invadía sus sentidos.

Ella agarró el vaso y bebió sin molestarse en ocultar el temblor de su mano.

—¿Qué tal Roma?

—Tan preciosa como siempre —se apartó de ella y se situó de espaldas a uno de los ventanales; necesitaba poner espacio entre los dos, entre él y ese insidioso perfume que lo invadía—. He tenido que insistir mucho, pero al final he logrado adquirir los dos magníficos frescos que había ido a buscar.

—¿Ah, sí? —preguntó sorprendida.

—Ya te dije que era un viaje de negocios.

—Bueno, ¿de qué querías hablar? —le preguntó forzándose a mostrarse animada.

—Sabryna Harper.

Capítulo 6

BRYN, siéntate aquí, coloca la cabeza entre las rodillas y respira, ¡maldita sea! Sí, eso es –dijo mientras ella respiraba entrecortadamente–. ¿Pero es que tienes algo en contra de mi whisky de treinta años?

Se agachó para recoger el vaso que Bryn había tirado ante el peligro de desmayarse por completo y agarró un trapo para secar la moqueta.

–¿Qué has dicho? –preguntó al oírla murmurar algo.

–He dicho –dijo alzando su pálida cara– que me importa una mierda tu whisky de treinta años.

–Dudo que no te importe cuando te descuente de la venta de tus cuadros el precio de una botella –le aseguró secamente al agacharse a su lado.

–¿Qué venta? –le preguntó bruscamente incorporándose ahora que había pasado el peligro de desmayo–. ¿Cómo has podido hacerlo? –continuó en tono acusatorio sin dejarlo responder–. ¿Cómo has podido decirme algo así... sin la más mínima advertencia?

–¿Qué clase de advertencia debería haberte dado, Bryn? –dijo al levantarse y soltar el paño empapado sobre el mueble bar–. «Ah, por cierto, creo que los dos nos hemos visto antes en una sala de tribunal abarrotada» o mejor «Te pareces mucho a Sabryna Harper, la hija de...». Y no vuelvas a desmayarte, Bryn –la advirtió al verla palidecer aún más.

–No voy a desmayarme –se levantó bruscamente–.
¿Desde cuándo lo sabes?

–¿Que Bryn Jones es Sabryna Harper?

–¡Sí!

–Desde el principio.

–¿Desde...? ¡No me creo que hayas hecho esto!

–¿Por qué?

–Porque... Bueno, porque... ¡Porque no! ¡Nunca habría llegado tan lejos en la competición si hubieras sabido desde el principio quién era!

–Admito que mi hermano Rafe me advirtió, pero yo
decidí...

–¿Tu hermano Raphael también sabe quién soy? –le
preguntó con incredulidad.

–¿Sabes, Bryn? Vamos a llegar mucho más lejos con
esta conversación si trabajamos sobre el hecho de que
yo siempre digo la verdad sin importarme las consecuencias –añadió con dureza.

Y una de esas consecuencias había sido que su padre
entrara en prisión. Ninguno lo mencionó, pero ahí estaba el hecho.

–Fue Michael el que te reconoció en un principio. Te
vio cuando viniste a la entrevista con Eric aquel primer
día y después se lo contó a Rafe, que me lo contó a mí.

–Vaya, sois un grupito de espías, ¿eh? –comentó a
la defensiva aún completamente aturdida por el hecho
de que lo hubiera sabido desde el primer día.

Y era algo que aún le costaba asumir porque si de verdad era así, entonces la había elegido como finalista para
la exposición sabiendo exactamente quién y qué era.

Se la había comido con los ojos aquel día en ese
mismo despacho sabiendo quién era. La había llevado
a cenar sabiendo quién era. La había besado en su coche
sabiendo quién era.

Y no le encontraba sentido a nada de eso.

—No creo que insultarnos a mis hermanos y a mí vaya a ayudarnos a llevar esta conversación.

Mientras estaba en Roma sin dejar de pensar en ella, Gabriel había decidido que una vez volviera a Londres la verdad tenía que salir a la luz, y que si Bryn no se la contaba, tendría que hacerlo él.

Estaba claro que lo despreciaba, e incluso tal vez lo odiaba, por el papel que había desempeñado en el juicio de su padre pero, sin embargo, por mucho que lo odiara, la atracción que sentía por él era innegable. Y él no encontraba el modo de que su relación prosperara si la verdad de la identidad de Bryn permanecía oculta.

Por supuesto, siempre existía la posibilidad de que su relación tampoco prosperara después de que hubieran hablado del tema, pero Gabriel sabía que no podían seguir con esa mentira, que cuanto más permitiera que se prolongara en el tiempo, menos oportunidades habría de que Bryn y él pudieran llegar a una especie de entendimiento.

—Bryn, te he pedido que confíes en mí y hables conmigo muchas veces —le recordó.

Ella abrió los ojos de par en par.

—¿Y te referías a esto? ¿A que te confesara que soy Sabryna Harper, la hija de William Harper?

—Sí.

—¡Es lo más ridículo que me has dicho nunca!

Él esbozó una burlona sonrisa.

—Pero es la verdad.

—¿Y en qué universo creías que eso podía pasar? —al parecer, Gabriel había esperado de verdad que llegara a confiar en él tanto como para contárselo—. Eso nunca iba a pasar.

Él respiró hondo.

–Pues... es una pena.

–No veo por qué –le contestó con actitud desafiante–. Por suerte para ti tenéis un candidato de reserva para la Exposición de Nuevos Artistas, así que no tendréis problemas con eso una vez te concedas el placer de echarme...

–No pienso echarte, Bryn, y lamento que pienses que eso pudiera ser un placer para mí –la interrumpió bruscamente pasándose una mano por el pelo–. Además, ¿por qué demonios iba a hacer eso cuando eres, con diferencia, la mejor artista de la exposición?

–¿Por qué? –le preguntó–. ¡Soy la hija de William Harper!

–Y, como ya te he dicho, lo supe cuando te eligieron como una de las seis finalistas.

Sí, y eso seguía sin tener sentido para ella. El nombre de su padre estaba tan envuelto en el escándalo que su madre había decidido cambiarles el apellido a las dos después de que él muriera. No podía creerse que Gabriel quisiera arriesgarse a sacarlo a relucir exponiendo los cuadros de la hija de William y, mucho menos, intencionadamente.

Lo miró con recelo, de nuevo consciente de lo imponente que resultaba su presencia. Estuviera donde estuviera, destacaba, y eso había quedado patente durante el juicio de su padre, donde incluso el juez que veía el caso lo había tratado con una deferencia y un respeto que no le había mostrado a nadie más en el juicio. Y eso, sin duda, le había dado peso a las pruebas que Gabriel tenía contra su padre. Por otro lado, tampoco habría hecho falta porque no había duda de la culpabilidad del hombre, no solo por haber intentado vender una falsificación, sino por haberla encargado en un primer lugar, haber pagado a un artista polaco una miseria por pintarla y después intentar vendérsela por millones a Gabriel.

–Bryn, incluso sin la ayuda de Michael, habría sabido quién eras en cuanto te hubiera visto...

–Pues no entiendo cómo cuando mi nombre y mi aspecto son tan distintos a comparación de hace cinco años.

–Es improbable que pueda olvidarme de la joven que me miró con tanto odio durante días. Ya solo esos ojos te habrían delatado.

Bryn tampoco lo había olvidado nunca, aunque por razones muy distintas.

Gabriel D'Angelo había sido el hombre más carismático e intrigante que había visto en su vida. Pero era más que eso; él era más que eso. Había despertado algo dentro de una tímida Sabryna de dieciocho años y con sobrepeso que había ocupado sus fantasías durante semanas antes del arresto de su padre y meses después de que el juicio hubiera llegado a su fin.

Las mismas fantasías que habían llenado todas sus noches desde que lo había visto hacía una semana. El mismo deseo que había vuelto a despertar en su interior unos minutos antes en el sótano en cuanto había oído su voz. El mismo deseo que la había dejado sin aliento cuando se había girado para mirarlo. El mismo deseo que ahora la recorría solo con ver cómo esa camisa se ajustaba tan bien a sus anchos hombros y a su cintura y cómo los pantalones sastre le caían elegantemente por la cadera. Ese hombre despertaba el deseo en su interior solo con estar en la misma habitación que ella.

–¿Cómo está tu madre, Bryn?

–¿Por qué lo preguntas? –le dijo a la defensiva y con recelo.

Él se encogió de hombros.

–Porque me gustaría saberlo.

–Mi madre está bien. Se volvió a casar hace dos años y está muy feliz.

–Me alegro.

–Gabriel, si te sientes culpable...

–No es eso –la interrumpió bruscamente–. Maldita sea, Bryn, no tengo nada, absolutamente nada, por lo que sentirme culpable. ¿Que si lamento el modo en que sucedió todo y cómo se vieron afectadas tu vida y la de tu madre? Sí, lo lamento. Pero tu padre fue el culpable, Bryn, no yo. ¿Que si siento que muriera en prisión unos meses después? Sí, por supuesto que sí. Pero yo no lo metí ahí. ¡Se metió él solo con sus actos!

Sí, era cierto, y una parte de Bryn nunca había perdonado a su padre por ello. Era algo con lo que tenía que vivir.

–¡Me besaste la noche antes de que arrestaran a mi padre! –le recordó en tono acusatorio.

Él cerró los ojos brevemente antes de volver a abrirlos.

–Lo sé, y quería decírtelo. A pesar de que la policía y mis abogados me advirtieron que no hablara del caso con nadie, ¡estuve a punto de contártelo aquella noche! Casi me mató no hacerlo –dijo sacudiendo la cabeza.

–No te creo.

–No –dijo aceptando esas palabras con pesar–. Intenté verte. En contra del consejo de mis abogados, intenté verte después de que arrestaran a tu padre, durante el juicio, después del juicio. ¡Lo intenté! Quería explicártelo. Nunca quise hacerte daño –le aseguró con fervor.

–Pero lo hiciste de todos modos.

–Ya te he dicho que no tuve opción, ¡maldita sea!

Tal vez no la había tenido, pero eso no impedía que Bryn no le guardara rencor por no haberle contado nada. Por haberla besado aquella noche. Por haberle roto el corazón al día siguiente...

–No quería ni verte ni volver a hablar contigo. No tenías nada que pudiera querer oír.

–Lo supuse.

Ella respiró hondo.

–¿Y adónde nos lleva esto ahora?

–¿Adónde quieres que nos lleve?

A su cama. A su escritorio de mármol. Al sofá. ¡Contra la pared! No le importaba «dónde», con tal de que Gabriel terminara lo que había empezado en el coche. El deseo que había sentido entonces no era nada comparado con lo que sentía ahora, tras días sin verlo, sin estar con él.

Y se odiaba por ello. Odiaba que, a pesar de todo, siguiera sintiéndose así, siguiera deseándolo.

Se humedeció los labios con la punta de la lengua.

–Necesito saber... si lo de estos últimos días ha sido una especie de juego sucio, un acto de venganza por lo que mi padre...

–¡Yo podría preguntarte lo mismo! –le contestó con aspereza y rabia en esos profundos ojos marrones a la vez que apretaba los labios y tensaba la mandíbula. Tenía el cuerpo rígido por la tensión, y los puños cerrados, antes de agarrar el vaso de whisky y beberse el contenido de un trago–. Es más, mis hermanos insisten en ello.

–¡Pues entonces pregunta, maldita sea! –le gritó temblorosa.

–¿Por qué lo has hecho, Bryn? ¿Por qué has participado en una competición dirigida por nuestra galería, la misma que ayudó a que tu padre entrara en prisión?

Bryn respiró hondo y palideció ante la dureza de las palabras de Gabriel.

Ahora la verdad había quedado completamente al descubierto y no había vuelta atrás, ya no podía engañarse, ya no podía rendirse ante el deseo asegurándose que no pasaba nada porque Gabriel no tenía la más mínima idea de quién era. Porque sí que lo sabía. Siempre lo había sabido.

−¿La verdad?

−Dadas las circunstancias, no me conformaré con menos.

−Estaba desesperada. Soy una artista desconocida que lo que más quiere es triunfar y el mejor modo de hacerlo es exponer en la galería de Londres más prestigiosa.

−Gracias −aceptó con cierta sorna.

La rabia de Bryn se encendió ante el sarcasmo.

−¡Estaba diciendo una realidad, no lanzándote un cumplido!

Y Gabriel lo sabía. Conocía a Bryn. No tanto como le gustaría, pero sí que sabía que era decidida, valiente y orgullosa; todos ellos, rasgos que podía admirar. ¡Eran la belleza y su atractivo los que lo destruían!

−No, Dios no quiera que puedas llegar a lanzarme un cumplido −dijo al dejar el vaso sobre el mueble bar y alejarse mirando con anhelo la botella de whisky. La enigmática Bryn podía hacer que un hombre se diera a la bebida por mucho que a ese hombre, concretamente Gabriel, le advirtieran que no perdiera el norte estando a su lado.

Ella se giró y se situó frente al gran ventanal con las manos en los bolsillos traseros de los vaqueros.

−¡Créeme, nada que no fuera eso podría haberme animado a acercarme a ti o a tu galería!

−Tal vez, después de todo, sería preferible un poco menos de sinceridad por tu parte.

–¿Qué quieres que haga, Gabriel? ¿Que me retire discretamente de la exposición?

–Ya te he dicho que esa no es una opción –contestó secamente.

Ella se giró lentamente.

–¿Entonces qué opciones tengo?

Esa era una buena pregunta.

Después de haber tomado la decisión de ponerle fin a esa farsa, Gabriel había visualizado los posibles escenarios una y otra vez en el vuelo de vuelta de Roma. Y había encontrado dos únicos resultados.

Resultado número uno: el mejor sin duda para Bryn era que siguieran ciñéndose a una relación estrictamente profesional y que ella expusiera sus cuadros en la galería el mes siguiente.

Resultado número dos: el que menos le gustaba a Gabriel y según el cual Bryn se alejaba de inmediato de la galería, de la exposición y de él.

Había un tercer resultado, el que Gabriel quería a pesar de saber que nunca sucedería. Según ese, Bryn continuaba con la exposición y los dos accedían a dejar el pasado atrás y a seguir por donde lo habían dejado el viernes,

Un resultado que, tras el contundente comentario de Bryn, Gabriel sabía que era pura fantasía.

–¿Qué está pasando entre Eric y tú?

Ella se quedó atónita y batiendo sus largas pestañas sobre esos ojos grises.

–¿Cómo dices?

Los días que Gabriel había pasado en Roma intentando convencer a un anciano conde para que le vendiera los frescos habían sido un calvario ya que no había dejado de pensar en el problema de qué hacer con Bryn en lugar de concentrarse en la tarea que tenía entre manos. Y durante su vuelo de regreso no había hecho más que darle vueltas a la conversación que tenía pendiente con ella.

Solo había pasado por la galería un momento para dejar unos documentos en el despacho antes de dirigirse al apartamento de Bryn y se había quedado sorprendido cuando el vigilante de seguridad le había dicho que la señorita Jones y el señor Sanders seguían en el edificio. Bajar al sótano y ver a Bryn allí con Eric tan relajada, riéndose con él mientras la invitaba a tomar algo, no había mejorado en absoluto el talante taciturno de Gabriel.

—Si decides seguir adelante con la exposición y con la norma de ceñirnos al negocio, entonces esa regla se aplicará a todos los empleados de esta galería, no solo a mí —le dijo con dureza.

—Yo no... ¿Estás sugiriendo...? ¿Crees que Eric y yo tenemos algo? ¿Algo romántico?

Sí, sí que se le había pasado por la cabeza.

Eric Sanders solo era un año o dos mayor que Gabriel y bastante guapo. Además, era un experto en arte altamente cualificado y respetado, y Arcángel tenía la suerte de contar con él.

Aun así, Gabriel sabía que no dudaría en encontrar el modo de despedirlo si resultaba que Bryn y él tenían una relación.

Bryn lo miraba incrédula. Era el mismo hombre al que casi había permitido que le hiciera el amor en su coche solo unos días antes; un desliz que aún la hacía excitarse cada vez que lo recordaba... ¡y lo había recordado mucho desde el viernes!

¿De verdad Gabriel pensaba que podía haber estado con otro hombre en los días que él había estado en Roma?

—Si te molestaras en buscar un poco más de información personal sobre tus empleados, entonces sabrías que

Eric está comprometido con una chica encantadora que se llama Wendy ¡y que los dos van a casarse dentro de tres meses!

—Resulta que sí lo sé.

Ella abrió los ojos de par en par.

—Y aun así piensas que los dos hemos... Piensas muy mal de mí, ¿verdad?

Pensaba en ella demasiado para su tranquilidad mental.

—Estoy cansado e irritable y aún no he cenado.

—¿Y esa es tu excusa para acusarme de tener una relación con un hombre que está felizmente comprometido con otra mujer?

Gabriel apretó los dientes. Sin duda era la única explicación que estaba dispuesto a admitir en ese momento, porque admitir que sentía celos de otro hombre no era ninguna opción.

—Sí, lo es.

Ella sacudió la cabeza con impaciencia.

—Creo que nos estamos desviando del tema importante.

—¿Es que no te parece importante que esté muerto de hambre? —preguntó enarcando las cejas con gesto burlón.

—Acabas de dejar caer una bomba sobre mi cabeza al decirme que has sabido quién era desde el principio, así que no, que estés muerto de hambre es lo último que me importa. Como tampoco me importa que estés cansado e insultantemente irritable.

Debería haber seguido sus instintos cuando habían entrado en el despacho; es decir, ¡debería haberla desnudado, haberla tomado en sus brazos y haberla tendido sobre el escritorio antes de hacerle el amor con fervor! Eso era lo que debería haber hecho.

Lo que aún quería hacer... ¡Cuánto lo deseaba!

La miró y echó a caminar hacia ella con un brillo de decisión en su oscura e intensa mirada.

–Gabriel, ¿qué estás haciendo? –dio un paso atrás y se topó con la frialdad de la ventana.

–Lo que debería haber hecho en cuanto volví a verte –le respondió colocando las manos sobre el cristal de la ventana, a ambos lados de su cabeza, y capturándola en el círculo que formaban sus brazos. Su aliento fue como una cálida caricia sobre sus mejillas mientras esos profundos ojos marrones la poseían y hacían que le resultara imposible apartarse de la intensidad de su mirada.

El corazón le golpeaba contra el pecho y no podía respirar, no podría haberse movido ni aunque alguien hubiera gritado «¡Fuego!». Porque el único fuego que le importaba estaba justo ahí, entre los dos, ardiendo fuera de control.

–Habría sido algo incómodo teniendo en cuenta que Eric estaba en la misma habitación –dijo intentando aligerar la tensión que crepitaba entre los dos.

–¿Tengo pinta de que me importe quién más pudiera haber en la habitación?

El temerario brillo de la mirada de Gabriel fue la respuesta a su pregunta.

–¿Eres consciente de que esto, sea lo que sea, va a complicar una situación ya imposible de por sí?

Él asintió brevemente.

–¡Y ahora mismo me apetece mucho complicarlo todo!

Bryn tragó saliva antes de deslizar la lengua sobre sus labios.

–¿Sabías que tienes la costumbre de hacer eso? –le susurró Gabriel.

–¿Sí? –respondió ella con otro susurro; el edificio estaba tan vacío a esas horas que era como si estuvieran solos en el mundo. Ellos dos eran lo único que importaba en ese momento.

–Umm –asintió él hipnotizado por sus labios–. Y cada vez que lo haces, quiero sustituir tu lengua con la mía.

–¿Ah, sí? –Bryn no podía moverse, el corazón le latía cada vez más deprisa según la iba invadiendo una oleada de calor, inflamando los labios entre sus muslos, prendiendo fuego a su vientre, hinchando sus pechos y tensando sus pezones contra la camiseta antes de que ese calor se propagara por la esbeltez de su cuello y por sus mejillas.

–Umm –Gabriel asintió de nuevo sin dejar de mirarla–. Y creo que ahora mismo tienes dos opciones.

–¿Y cuáles son?

Él sonrió.

–Una, puedes sacarme de aquí y llevarme a cenar. Dos, y esta es mi favorita, nos quedamos aquí y satisfacemos otra clase de apetito.

Actuando en contra del buen juicio, ¡la segunda opción también era la favorita de Bryn!

Allí y en ese mismo instante porque sabía que después cambiaría de opinión. Sin embargo, ahora parecía que no existía el tiempo, que no había ni pasado ni futuro, solo el presente, mientras su cuerpo se excitaba con expectación y deseo. Deseo por Gabriel. Por el roce de sus manos. Por el roce de sus labios sobre su piel. Por todas partes.

–También hay una tercera opción: me voy sin más –dijo forzándose a resistirse a ese deseo.

–Esta vez no.

–Pero...

–Nada de peros, Bryn –posó la frente contra la suya y ahora esos ojos marrones quedaron cautivadoramente cerca–. Tú eliges, Bryn, ¡pero te advierto que elijas rápido! –añadió.

Bryn se sentía rodeada por él, capturada por él; su presencia física, su calor, la presión de ese musculoso cuerpo que tenía tan peligrosamente cerca. Tan cerca que supo que ya había decidido por ella.

Capítulo 7

GABRIEL se sentía como si el tiempo se hubiera detenido mientras esperaba a que Bryn le diera una respuesta; una respuesta que, conociéndola, ¡bien podría ser propinarle una patada en la entrepierna en lugar de elegir alguna de las otras dos opciones que le había ofrecido con tanta arrogancia! La única justificación que encontraba para esa arrogancia era el deseo que sentía por hacerle el amor; sin embargo, dudaba que la fiera de Bryn lo viera como una excusa razonable.

Tenía la mandíbula apretada, la frente aún apoyada contra la de Bryn y los brazos sobre la ventana. Seguía conteniéndose para no entrar en contacto con su cuerpo mientras esperaba una respuesta, mientras esperaba a que decidiera qué pasaría a continuación.

Bryn deslizó nerviosa la lengua sobre sus labios hasta que se detuvo al ver que Gabriel tenía la mirada clavada en su boca. Respiró entrecortadamente y le dijo con un susurro:

—Me va a entrar dolor de cuello por estar mirándote... ¿Qué estás haciendo? —preguntó atónita cuando él posó las manos sobre su cintura antes de arrodillarse frente a ella. La brusquedad del movimiento la obligó a sujetarse a sus hombros.

—¿Mejor así? —preguntó él, que ahora había quedado a la altura de sus pechos.

«Mejor» no era exactamente la palabra que Bryn habría empleado; habría descrito su actual posición como «muy peligrosa».

Ahora estaba tan cerca que podía ver el fuego en las profundidades de esos ojos chocolate, la oscuridad de su pelo cayéndole atractivamente hacia un lado sobre la frente, y esos labios esculpidos separados de un modo tan tentador.

La calidez de sus manos sobre su cintura parecía arder a través del algodón de su camiseta. Unas manos grandes. Tanto, que casi le cubrían toda la cintura.

Bryn se había sentido rodeada por Gabriel antes, pero ahora mismo se sentía completamente abrumada por su proximidad, por el calor de sus manos, y el fuego de su mirada.

–¿Eres consciente de que esto no va a cambiar nada, verdad?

–No quiero cambiar nada. Estoy más que satisfecho con el punto donde estamos ahora mismo –le aseguró con voz ronca y bajando la mirada hacia donde sus dedos estaban levantando lentamente la camiseta de Bryn dejando expuesta la sedosa piel de su abdomen–. Muy satisfecho, de hecho... –murmuró contra su piel y deslizando los labios sobre ella.

Eso no era a lo que se había referido, y Gabriel lo sabía, pero Bryn dejó de pensar en ese instante al sentir sus labios y su lengua moviéndose delicadamente sobre su piel.

Arqueó la espalda con un gemido y se aferró a sus hombros mientras él movía las manos ahora bajo su camiseta y las posaba sobre sus pechos, cubiertos únicamente por un sujetador de encaje negro.

–Eres preciosa, Bryn. Llevo demasiado tiempo pensando en esto... –le subió la camiseta más todavía para poder besarle los pechos–. Y en esto... –se la quitó y la tiró al suelo con la mirada cargada de deseo. Se la quedó mirando unos segundos antes de bajarle una copa del sujetador y dejarle expuesto el pecho con ese puntiagudo y rosado pezón–. ¡Y en esto! –añadió apoyando las manos en la cadera a la vez que cubría la cúspide de ese pecho desnudo con el calor de su boca.

Un fuego se desató en el interior de Bryn dificultándole la respiración mientras sentía la lengua de Gabriel sobre su pezón y una humedad entre los muslos; enredó los dedos en su cabello y lo acercó más a sí, necesitando más, deseando más.

Recibiendo más mientras Gabriel le desabrochaba el sujetador antes de pasar a besarle el otro pecho.

–¿Podríamos, al menos, apartarnos de la ventana? Nos pueden ver desde fuera –dijo demasiado excitada como para poder frenar por completo lo que estaban haciendo.

El aliento de Gabriel cubrió con calor la humedad de su pecho al apartarse para decirle:

–Las ventanas son completamente reflectantes. Nadie puede vernos desde fuera. Solo nosotros podemos verlos a ellos.

–Ah... ¡Oh! –exclamó sin aliento cuando las manos de Gabriel corrieron a desabrocharle los vaqueros y bajarle la cremallera.

Aún agachado y sin dejar de mirarla, la despojó de sus deportivas antes de bajarle los pantalones y quitárselos por completo.

Bryn nunca se había sentido tan expuesta, tan deseada, como ahora mientras la devoraba con esa ardiente mirada.

Gabriel coló las manos bajo el encaje negro a la vez que inhalaba su aroma, un perfume que aumentó su excitación y le exigió que la liberara, y reclamara lo que sabía que era suyo.

Una sola mirada al rostro de Bryn había bastado para hacerla ruborizarse y provocarle un febril brillo en los ojos. Ella le tiró suavemente del pelo cuando él apartó a un lado el encaje negro y dejó que sus dedos encontraran la piel desnuda que se ocultaba debajo. Tenía el vello húmedo de excitación mientras desplazaba los dedos más abajo para acariciarla. Bryn gimió de placer y separó las piernas.

Gabriel quería saborearla, sentirla cuando llegara al clímax. Quería, necesitaba...

—¿Sabrás que quiero quitarte estas braguitas, verdad?

—Eres tú el que lleva demasiada ropa encima, Gabriel —se quejó Bryn desesperada por tocar su piel desnuda del mismo modo que él la estaba tocando. Quería deslizar las manos sobre sus hombros, explorar la dureza de su torso y de su abdomen, saborear el calor de su piel bajo sus labios—. Por favor, Gabriel.

—Desnúdame —la invitó él con la voz ronca mientras la miraba expectante.

Qué guapo estaba, tan salvaje y seductor como un dios pagano, con la oscuridad de su pelo despeinada por las caricias de ella, los ojos oscuros y resplandeciendo, las mejillas sonrojadas, los labios ligeramente inflamados.

La admiración en la mirada de Gabriel mientras la observaba disipó cualquier vergüenza que pudiera haber sentido por el hecho de estar casi desnuda frente a un hombre por primera vez.

Sin embargo, las manos le temblaban ligeramente mientras se movieron para quitarle la corbata, desabrocharle los botones de la camisa, quitársela y dejarla caer al suelo.

Se quedó sin aliento al ver sus musculados hombros, una «V» de vello negro cubriéndole el pecho y trazando el camino hasta su plano abdomen antes de desaparecer bajo la cinturilla de los calzoncillos.

—Eres una belleza —murmuró Bryn mientras lo acariciaba.

—Creo que eso me corresponde decírtelo yo a ti —le contestó Gabriel con voz ronca.

Esbozó una sonrisa completamente pícara al levantarse para tomar a Bryn en sus brazos y llevarla al sofá antes de disponerse a quitarse el resto de la ropa.

Sin ningún tipo de vergüenza, Bryn vio cómo se descalzaba y se quitaba los calcetines y los pantalones, que arrojó al suelo sin miramiento, como si no hubieran costado tanto como lo que ella ganaba en un mes. Si antes le había parecido una belleza, ahora, ataviado únicamente con unos ceñidos boxers negros que revelaban un alargado bulto debajo, le resultaba el hombre más pecaminosamente hermoso que había visto en su vida: unos hombros y un torso anchos y musculosos, una cintura fina, unos muslos esbeltos y poderosos, y unas piernas largas y cubiertas levemente de un vello oscuro.

Gabriel sintió la dolorosa inflamación de su miembro en respuesta a la mirada de Bryn y, al instante, se quitó los calzoncillos. Bryn tomó aire profundamente mientras permaneció desnudo frente a ella, que lo miraba con abierto deseo.

Un deseo al que Gabriel fue incapaz de resistirse cuando se acercó con la respiración entrecortada y Bryn, sonrojada de pasión, deslizó ligeramente los dedos sobre la sedosidad de su erección hasta su bulboso extremo. Apretó la mandíbula y cerró los puños en el instante en que Bryn se inclinó hacia delante y cerró la mano alrededor de su miembro antes de humedecerse los labios distraídamente y agachar la cabeza muy despacio para lamerlo.

–Increíble... –murmuró Gabriel con la respiración entrecortada y el cuerpo completamente rígido de tensión–. ¿Intentas matarme, Bryn?

–Tienes un sabor delicioso –susurró ella–. Dulce y salado también –mantuvo la mano cerrada a su alrededor antes de tomarlo por completo en su boca.

–¡Intentas matarme! –exclamó Gabriel arqueando la espalda y enredando las manos en su pelo mientras se deslizaba lentamente en esa húmeda y ardiente caverna; la risa de Bryn vibró por su palpitante miembro.

Bryn no se había imaginado nada que pudiera saber así de bien, que la pudiera hacer sentir tan bien. Se sentía valiente y totalmente fortalecida por la desinhibida respuesta de Gabriel, que movía las caderas al ritmo de su cabeza y cada vez de un modo más apremiante.

–Tienes que parar, Bryn –le dijo posando los dedos sobre la desnudez de sus hombros–. Si no, voy a dejarme llevar por completo antes de que, siquiera, hayamos empezado.

Al alzar la mirada para verlo, él tenía los ojos de un negro intenso, las mejillas encendidas y un gesto atribulado. Aun así, Bryn se sentía reacia a soltarlo de inmediato y deslizó los labios sobre su miembro para ejercer presión en su extremo. Él emitió un gemido estrangulado.

–Ahora es mi turno para torturarte –añadió cuando por fin Bryn se apartó y lo miró con ojos inocentes–. Y te advierto –murmuró con decisión al ponerse de rodillas entre sus muslos separados–. No pienso parar –agachó la cabeza y succionó profundamente un puntiagudo pezón mientras con la mano acariciaba suavemente el otro.

El placer se extendió por Bryn como un reguero de

pólvora ante semejante asalto a sus sentidos. Echó la cabeza atrás contra el sofá, arqueó la espalda y dejó que siguiera devorando y acariciando sus pezones a la vez que un intenso calor, como lava derretida, se propagaba entre sus muslos. Comenzó a mover las caderas contra Gabriel suplicándole que la tocara.

Él gimió y deslizó los labios hasta su abdomen, le agarró las caderas y buscó con su lengua ese punto inflamado de deseo entre su vello.

Ella se quedó sin respiración, el calor la devoró con la primera caricia de Gabriel, que movía la lengua sin piedad y sin cesar sobre ese pequeño y palpitante bulto.

Bryn gemía mientras arqueaba las caderas al ritmo de esa implacable lengua; al instante, Gabriel bajó la mano, hundió dos dedos en su interior y los movió a la par que las caricias de su lengua hasta que Bryn sintió cómo el placer la engullía por completo haciéndola quebrantarse en mil pedazos.

–¿Estás bien? –le preguntó él con preocupación al tenderse en el sofá a su lado y abrazar su tembloroso cuerpo.

Bryn, sumida de lleno en el orgasmo, había sido la cosa más bella que había oído y visto en su vida: pequeños sollozos, el rostro sonrojado, el cuello arqueado, los pechos hacia fuera, las caderas alzadas para seguir el ritmo de sus dedos con cada espasmo de placer. Un placer que Gabriel había prolongado al máximo hasta ver unas lágrimas deslizarse sobre sus mejillas.

–Estoy bien –le respondió con voz temblona y tendida en sus brazos–. Mejor que bien –añadió–. Ha sido lo más increíble... no tenía ni idea... ha sido verdaderamente increíble.

–Intento complacer, señora –dijo él con una suave sonrisa.

–¡Pues lo has hecho! Lo haces –se corrigió mientras le acariciaba el hombro–. Ha sido increíble. ¿Vamos a parar ahora?

–De eso nada. Solo voy a darte tiempo para recuperarte. Pareces un poco abrumada.

–¿Un poco? –su risa sonó temblorosa–. ¡Podría volverme adicta a tanto placer!

–Estás haciendo maravillas con mi ego, Bryn –murmuró él.

–Yo también digo la verdad siempre –le aseguró.

Gabriel frunció el ceño, no quería que ninguno ahondara en la razón por la que él había hecho ese comentario antes, no cuando estaban juntos y de un modo tan íntimo. Ya se preocuparían por el pasado, y por el futuro, más adelante.

–¿Es que ninguno de tus otros amantes te ha complacido tanto? –bromeó.

–¿Qué otros amantes? –preguntó enroscando los dedos en el vello de su pecho.

Se quedó mirándola y viéndola esbozar una sonrisa de satisfacción a la vez que le pellizcaba un pezón haciendo que gimiera y que su erección se inflamara ante la caricia.

–Eso te gusta mucho –le susurró ella con satisfacción acariciando con el calor de su aliento su húmeda piel.

–Sí –respondió él–. Bryn...

–Ahora no, Gabriel –le dijo con mirada suplicante; sus manos se veían muy pálidas contra la bronceada piel de él–. No quiero hablar, ni pensar, solo quiero saborearte un poco más –dijo moviéndose sinuosamente sobre su cuerpo hasta arrodillarse entre sus muslos y posar las manos sobre su miembro.

Gabriel se incorporó ligeramente y la agarró de las

muñecas para detener esas hipnotizantes caricias antes de que fuera demasiado tarde.

—Aún no, Bryn. Yo... ¿Has tenido otros amantes? —le preguntó con cautela.

—¿No será este el momento en que confesamos nuestras antiguas relaciones, no? ¡Porque preferiría saltarme lo de tener que oír todas tus anteriores conquistas!

Gabriel también lo prefería.

—No estamos hablando de mí, Bryn...

—Pues entonces tampoco vamos a hablar de mí. Suéltame, Gabriel...

—Bryn, ¿estás tomando anticonceptivos?

—Nunca he tomado. No me digas que un hombre como tú no lleva encima un par de preservativos.

—Bryn, ¿podrías responderme? —se sentó llevándola hacia sí y mirándola intensamente mientras le agarraba las manos—. ¿Cuántos amantes has tenido?

—¿Por qué tienes que saberlo?

—Porque es importante, ¡maldita sea! Necesito que respondas a esa pregunta, Bryn.

—¿Es que estoy haciendo algo mal? Hace unos minutos parecías muy contento...

—Lo estaba, Bryn. Estoy muy contento.

—Pues no lo parece.

—Puede que sea porque evitas responder a mi pregunta —dijo suspirando exasperado.

Bryn se sentó frente a él con una absoluta despreocupación ante el hecho de estar desnuda. Gabriel había visto, tocado y lamido partes de su cuerpo a las que nadie había accedido nunca, así que era un poco tarde para sentirse avergonzada ahora.

—De acuerdo, acabemos con esto cuanto antes —suspiró—. No, no he tenido ningún amante, lo cual responde a tu segunda pregunta, ¿no? Porque si no he estado con ningún hombre, obviamente, nunca he tenido la necesidad de tomar anticonceptivos.

Él la soltó y se levantó bruscamente.

–¿No has estado con nadie?

–No, hasta esta noche.

–¡Maldita sea! –se pasó una nerviosa mano por el pelo y empezó a caminar de un lado para otro–. Deberías habérmelo dicho, Bryn.

–¿Y por qué? –le preguntó mientras él comenzaba a vestirse–. ¿Gabriel?

–Dame un minuto, por favor.

–Creo que esta noche hemos sido dos los que hemos hecho esto, no solo yo. Y no recuerdo que te hayas molestado en preguntarme nada de esto antes de que nos desnudáramos.

No, no lo había hecho. Y la única excusa que tenía era que Bryn lo afectaba tanto que no le dejaba pensar en ninguna otra cosa cuando la tenía en sus brazos.

–Bryn, no habría... no habría presionado tanto de haber sabido tu falta de... experiencia –dijo con delicadeza.

–¿Qué significa eso?

–Por un lado, que no te habría hecho el amor en mi despacho.

–¿Y por qué no?

–Porque tu primera vez debería haber sido en una cama, y a ser posible, en una cama con dosel...

–Nunca pensé que fueras un romántico, Gabriel.

–No te burles de mí, Bryn. Ahora no.

–¡No soy yo la que ha echado a perder este momento! –le gritó levantándose; se giró y comenzó a vestirse. Y cuando el sujetador pareció ofrecerle algo de resistencia, se lo guardó en un bolsillo con impaciencia antes de ponerse la camiseta y atusarse el pelo.

–Podría haberte hecho daño, Bryn –dijo con gesto atribulado.

–Eso podrías haberlo pensado hace cinco años –le contestó con amargura mientras se calzaba–. Además, no creo que ninguno estuviera pensando con claridad hace unos minutos y, sinceramente, no creía que tuviera que haberte dado una lista de mis credenciales como amante antes de que nos pusiéramos con esto.

Él suspiró al verla agarrar el bolso.

–No puedes marcharte así...

–¡Pues mira cómo lo hago!

–¿Por qué estás tan enfadada, Bryn? ¿No podemos hablar antes de que te vayas? Por favor.

–No creo que tengamos nada de qué hablar. Hemos tenido un... encuentro y ahora, obviamente, ha terminado.

Para Gabriel no había sido simplemente un encuentro. Independientemente de lo que pensara Bryn y de las amantes que hubiera tenido él, nunca había experimentado nada remotamente parecido al placer que ella le había dado esa noche. Era tan bella que le arrebataba el aliento. Receptiva a más no poder. Y las caricias de sus manos, el roce de sus labios sobre su cuerpo, sobre su miembro, habían resultado tan increíblemente excitantes que casi le habían hecho perder el control.

–Tengo la sensación de que este también ha sido tu primer encuentro.

Ella se ruborizó.

–He estado un poco ocupada los últimos cinco años, ¿de acuerdo? Construyendo una nueva vida para mi madre y para mí en Gales. Estudiando mi carrera. Trabajando para pagar los préstamos de los estudios y el alquiler, y pintando como una loca en mi tiempo libre. Además, me habría visto obligada a explicarle mi pasado a cualquiera con quien hubiera tenido una relación seria y eso es algo que nunca he querido hacer. Lo siento si eso me convierte en una amante pésima, pero...

–No eres pésima, Bryn –la interrumpió con fervor–. ¡Ni mucho menos! Es solo que... me sorprende que me hayas elegido precisamente a mí para ser el primero.

–Precisamente a ti. Supongo que es un poco irónico, pero si te paras a pensarlo, tiene cierto sentido. Tú ya conoces mi pasado, sabes quién soy, quién era mi padre, y eso significa que no tengo que confesarte nada.

En unos pocos minutos todo había vuelto a cambiar entre ellos una vez más, y volvía a mostrarse a la defensiva y hostil. ¿O tal vez esa mujer tan susceptible era la auténtica Bryn?

Por primera vez en su vida, Gabriel no sabía qué hacer.

–¿Podríamos cenar juntos mañana por la noche? –le preguntó vacilante.

–No, si vamos a terminar haciendo balance de lo que ha pasado esta noche. No.

–¡Maldita sea, Bryn! –dijo exasperado–. Estoy intentando solucionar las cosas, pero me vendría muy bien un poco de colaboración por tu parte.

–Es un poco tarde para eso, ¿no crees?

–Lo estoy intentando de veras, Bryn.

–¿Y cómo piensas solucionar las cosas?

–Nos hemos saltado un par de pasos dentro de una relación y me gustaría empezar de nuevo.

–Hemos tenido un encuentro sexual, Gabriel, no una relación –un encuentro que le había cambiado la vida, aunque tenía la sensación de que había sido el propio Gabriel el que había hecho de esa noche algo tan especial; no solo era un amante excepcional y experimentado, sino uno cariñoso y considerado. Incluso con su falta de experiencia, Bryn sabía que no todos los hombres eran así, así que tal vez, en lugar de estar discutiendo con él, debería haber estado dándole las gracias por tratarla con tanta consideración.

Y tal vez lo haría... si no fuera porque estaba muy confusa tras haber permitido que todo eso sucediera. Tampoco entendía por qué Gabriel se había mostrado así por su falta de experiencia.

Por otro lado, no podía permitirse involucrarse más emocionalmente de lo que estaba con Gabriel porque ¿cómo iba a explicarle a su madre todo lo que había pasado?

—Te agradezco la invitación, Gabriel y entiendo lo que intentas decir, pero no estoy interesada en llevar esto más lejos.

—¿Que no estás interesada en llevar esto más lejos?

—No. Has dicho que estás dispuesto a olvidar el pasado, así que sugiero que ambos hagamos lo mismo con lo que acaba de pasar. Vamos a olvidar que esto ha pasado.

Gabriel nunca había conocido a una mujer que se pareciera remotamente a Bryn Jones. Y tampoco recordaba que ninguna lo hubiera puesto tan furiosa como ella estaba haciendo ahora.

Primero lo había excitado tanto que los dos habían estado a punto de tener sexo sin protección en el sofá de su despacho, y ahora estaba ignorándolo. ¡Increíble! Lo tenía tan aturdido que ni siquiera sabía qué sentía por ella. Lo único que sabía era que quería volver a estar con ella.

—Cenaremos mañana por la noche –repitió con firmeza.

—No.

—¿Es que ya tienes una cita mañana por la noche?

Bryn enarcó las cejas furiosa.

—Tengo tres días libres en el trabajo así que mañana por la mañana me voy a mi casa a ver a mi madre y a mi padrastro. Esa, además, es la razón por la que me he quedado trabajando hasta tarde con Eric —añadió con tono desafiante.

—Entiendo —murmuró él lentamente al no querer volver a sumirse en esa conversación.

—¿Y cómo vas a ir?

—En tren.

—Deja que te lleve...

—¡No seas ridículo, Gabriel! Ya de por sí es un grave error que nos hayamos visto otra vez, así que lo último que quiero es que mi madre te vea presentándote en su casa mañana.

—¿Estás diciendo que ni siquiera sabe que vas a participar en la exposición?

—¡No sabría ni por dónde empezar a decirle que he vuelto a tener relación con tu familia!

—¡Maldita sea, Bryn! Tu madre nunca me ha odiado como me odias tú.

—Eso no puedes saberlo.

Pero Gabriel sí lo sabía. Sin embargo, parecía que Mary Harper nunca había puesto a su hija al tanto de sus reuniones después de que William entrara en prisión.

—Bryn, tu padre...

—¡No quiero hablar de él! —le gritó con furia en la mirada.

—Bryn era un hombre, no un santo. Solo un hombre. No se permitió que sus delitos anteriores salieran a relucir en el juicio para no predisponer el veredicto, pero seguro que sabes que tu padre era un timador profesional.

–¿Cómo te atreves?

–Y no solo eso, sino que él mismo se buscó su destino.

–Eso ya me lo has dicho.

–Pero lo digo de forma literal. Bryn, la razón por la que fui a tu casa un par de veces fue para intentar convencerlo de que no siguiera adelante con la venta del cuadro. Porque, aunque aún no tenía todas las pruebas, sabía aquí dentro –dijo llevándose una mano al corazón– que el cuadro era una falsificación. La mañana siguiente a que lo visitara una segunda vez, los titulares sobre la existencia del cuadro ya abarrotaban todos los periódicos.

–¿Estás diciéndome que fue mi padre el que acudió a la prensa?

–Bueno, yo sí que no lo hice. Y si no fui yo, tuvo que ser él. Si no me crees...

–¡Por supuesto que no te creo!

–Pues entonces pregúntale a tu madre. Dile que te cuente todos los años que padeció en silencio las maquinaciones y timos de tu padre. Tienes que preguntárselo, Bryn.

–¡Yo no tengo por qué hacer nada! Creo que... te odio por las cosas que has dicho esta noche.

Gabriel no tuvo más opción que verla marchar y aceptar que si lo único que Bryn podía ofrecerle era odio, entonces lo tomaría.

Capítulo 8

DE ACUERDO, jovencita, ¡hora de cotillear! –dijo la madre de Bryn sonriendo al dejar una jarra de limonada recién hecha y dos vasos sobre la mesa. Estaban sentadas en el jardín trasero de la casita de campo en la que ahora vivía con Rhys Evans, su segundo marido.

–¿Cotillear sobre qué? –preguntó Bryn apartando su bloc de dibujo.

Mary, una versión de Bryn en mayor, le lanzó una mirada reprobatoria al sentarse al otro lado de la mesa de madera después de servir la limonada.

–Ya llevas aquí dos días y no has dicho ni una sola palabra desde que has llegado.

–He estado dibujando –la había relajado dibujar la maravillosa variedad de flores que perfumaban el jardín en lugar de pensar en las cosas que Gabriel le había dicho sobre su padre.

–De eso ya me he dado cuenta. Y ahora, dime, ¿quién es él? –preguntó con interés.

–¿Él? –ya debería saber lo imposible que era desviar la atención de su madre una vez que se le metía algo en la cabeza.

–El hombre que está haciendo que mi parlanchina hija se muestre tan introspectiva.

Sí, Bryn admitía que había estado demasiado callada desde que había llegado porque la última noche que había pasado con Gabriel la había dejado sumida en un estado de confusión.

–¿Eres feliz con Rhys?

–Totalmente –respondió su madre al instante con una cálida sonrisa en los labios.

–¿Y fuiste feliz con papá?

La sonrisa de su madre se desvaneció.

–¿A qué viene esto, Bryn?

–No lo sé –se levantó–. Es solo que... os he observado a Rhys y a ti juntos, vuestras bromas, vuestro afecto, el respeto que os tenéis y... no recuerdo haberos visto así a papá y a ti.

–Fuimos felices al principio. Cuando eras pequeña.

–¿Pero no después?

–Todo... se complicó. William se agobió por trabajar en una oficina y empezó con esas ideas de hacerse rico rápidamente. Gastó todos nuestros ahorros en eso, y yo nunca sabía qué era lo próximo que iba a hacer ni si seguiríamos teniendo un techo bajo el que vivir a la semana siguiente. Esa clase de incertidumbre puede poner a prueba hasta las mejores relaciones, y nuestro matrimonio ya era bastante inestable. Así que no tardó en deteriorarse del todo.

Razón por la que, probablemente, ahora su madre valoraba tanto la estabilidad que le ofrecía Rhys, un carpintero muy respetado en la zona.

–Pero seguisteis juntos...

–Te tuvimos a ti –respondió su madre sonriendo.

–¿Y nunca pensaste en dejar a papá?

–Muchas veces, y estoy segura de que al final habría terminado pasando.

–Y aun así, durante el juicio permaneciste a su lado.

–Era mi marido y tu padre. Y lo adorabas.

Sí, Bryn había adorado a su padre, pero ahora no lograba sacarse de la cabeza lo que le había contado Gabriel. Quería hacer preguntas, quería saber si todo eso era verdad.

Los comentarios de su madre confirmaron lo que se había temido: que William había sido un timador implicado en varios delitos. Un timador que había intentado dar el gran salto vendiendo un Turner falso... y que había fracasado estrepitosamente.

–Pero ¿a qué viene tanto interés en eso ahora, Bryn? ¿Ha pasado algo?

¡Gabriel D'Angelo era lo que había pasado! Un hombre que estaba haciendo imposible que no pensara en el pasado. Aunque no era culpa suya; Bryn era la que había elegido volver a contactar con él al querer participar en la exposición.

La reacción que había tenido al reencontrarse con él había activado en su interior esos mismos sentimientos de culpa que había sentido cinco años atrás cuando al mirarlo en la sala del tribunal y, a pesar de todo lo que estaba diciendo y el daño que le estaba causando a su padre, lo había deseado de todos modos.

Si en aquellos momentos había sido duro ser consciente de que estaba prendada del arrogante y guapo Gabriel D'Angelo, más duro había sido darse cuenta, años después, de que seguía atraída por el hombre que había ayudado a echar su mundo abajo.

Lo sucedido en el pasado seguía haciendo imposible cualquier atisbo de relación entre Bryn y Gabriel, ¡a pesar de que su traicionero cuerpo tuviera otras ideas al respecto!

Solo pensar en la noche que había pasado con él, en la intimidad que habían compartido, en cómo se había derretido en sus brazos y había llegado al clímax de un modo tan espectacular bastaba para hacer que se sonrojara.

–De acuerdo, ahora quiero saber quién es ese hombre que puede hacer que mi hija se sonroje así –dijo su madre con firmeza.

–No puedo contártelo.

–¿Pero por qué no? Siempre hemos podido hablar de todo. Bryn, si es una mujer la que te está haciendo sentir así, espero que sepas que soy lo suficientemente tolerante como para...

–¡No es una mujer! Pero me alegra saber que tienes una mente abierta –añadió.

–¿Entonces es que ese hombre está casado? –preguntó su madre con preocupación.

–¡Es peor que eso! –gritó al comenzar a caminar sobre el césped.

–¿Y qué podría ser peor que eso? ¿Es mayor que tú?

–Ligeramente. Unos diez años o así.

–¡Eso no es nada! Pero sigo sin entender por qué no me dices quién es.

–Porque no puedo. Digamos que no es apropiado que esté con él, ¿de acuerdo?

–No, claro que no estoy de acuerdo, Bryn. ¿No será traficante de drogas o algo así?

–Claro que no.

–¿Pero es inapropiado en otro sentido? –le preguntó su madre no muy convencida.

–Oh, sí.

–¿Tiene algo que ver tu reticencia a hablar de él con tu repentino interés por el pasado?

–Eh... tal vez. ¿Sabes...? ¿Es posible que fuera papá el que informó a la prensa para asegurarse de que ni la galería D'Angelo ni ninguna otra pudieran demostrar que el cuadro era una falsificación?

–Me temo que es más que posible. ¿Sabes, Bryn? He tardado años en aceptarlo, pero tu padre fue responsable de todo lo que le pasó –era lo mismo que Gabriel había dicho unos días antes–. Ni yo ni tú ni nadie más. Jugó no solo con su futuro, sino también con el nuestro, y perdió. Todos perdimos. Pero haber encontrado a Rhys y tanta felicidad a su lado me ha demostrado que no podemos seguir permitiendo quedar como unas perdedoras, cariño.

–Yo no soy ninguna perdedora...

–Bryn, he visto cómo has evitado tener relaciones con hombres estos últimos cinco años, y ahora te digo que el único modo de permitirte seguir adelante es dejando atrás el pasado.

–A veces es más fácil decirlo que hacerlo –respondió Bryn con lágrimas en los ojos.

–Pero se puede hacer –Mary le agarró la mano con fuerza–. Y soy la prueba viviente de ello.

En efecto, la felicidad de su madre con Rhys era la prueba viviente de ello.

–Ya veremos –le apretó la mano con fuerza–, ¿pero podemos olvidarnos de esto por ahora? ¿Podemos hablar de otra cosa?

–Si es lo que quieres... –le dijo Mary no muy convencida.

–Lo es.

–Ya sabes dónde estoy si quieres o necesitas hablar.

Sí, Bryn lo sabía; pero no podía imaginarse el momento de poder contarle a su madre el lío en el que se había metido con Gabriel.

–¿Lo pasaste bien en Gales la semana pasada? –le preguntó Gabriel viendo cómo palidecía.

Bryn levantó la mirada lentamente de la revista que estaba leyendo en una mesa de la cafetería durante su rato de descanso.

Gabriel sabía que Bryn ya debía llevar cuatro días en Londres, pero no había pasado por la galería y sospechaba que él era el motivo. Además, el hecho de que su inesperada pregunta la hubiera hecho palidecer parecía confirmar esa sospecha.

Agarró una silla, se sentó y dejó su taza de café sobre la mesa.

–¿Va todo bien en casa?

–Sí, muy bien, gracias –respondió después de tragar saliva.

–Me alegro –se recostó contra el respaldo y estiró las piernas mientras seguía mirándola.

La veía frágil bajo su crítica mirada; estaba pálida y había perdido peso desde la última vez que la había visto. Además, tenía ojeras, parecía que no había estado durmiendo bien.

¿Estaría tan angustiada como él por las cosas que le había dicho? ¿Había hablado con su madre, tal como la había aconsejado, o seguía considerándolo culpable de lo sucedido en el pasado?

Su determinación a encontrar respuestas lo había llevado hasta la cafetería.

La última semana había sido un infierno; los tres primeros días los había pasado preguntándose si hablaría con su madre y, de ser así, qué decisión tomaría sobre los dos. Después, los cuatro días posteriores a su fecha de regreso, los había pasado dando por hecho que había decidido alejarlo de su vida. Y esa era una decisión que le resultaba inaceptable.

Bryn se había quedado totalmente desconcertada con la llegada de Gabriel a la cafetería y con su aspecto, que la había dejado sin aliento: un polo color crema, unos vaqueros desteñidos de cintura baja y el pelo cayéndole sobre la frente. ¡Cuánto deseaba a ese hombre!

Más aún que una semana antes, tuvo que admitir por mucho que le doliera. La intimidad que habían compartido había cambiado para siempre lo que pensaba y lo que sentía por él.

—No has pasado por la galería desde que volviste —le dijo Gabriel con tono acusador.

Ella se encogió de hombros.

—He hablado con Eric varias veces por teléfono y le he explicado que no podía ir a la galería porque estaba muy ocupada en el trabajo.

—Ya me lo ha dicho.

—Entonces no entiendo por qué estás aquí.

Gabriel se inclinó hacia delante y le agarró las manos, pero Bryn se apartó instintivamente e intentó soltarse. Sin embargo, él no iba a darle esa libertad.

—Estoy aquí para que podamos tener la conversación que no terminamos hace una semana.

—Gabriel... —le dijo con tono suplicante.

—Bryn, no intentes ignorarme ni ignorar lo que pasó entre los dos porque no lo voy a permitir.

Ella volvió a tirar de las manos, pero fracasó una vez más en su intento de liberarse.

—No sé qué quieres decir...

—¡Y una mierda que no lo sabes!

—Estás montando una escena, Gabriel —dijo sonrojada. Varias personas sentadas en las mesas cercanas se habían girado.

—No estaríamos teniendo esta conversación si no hubieras sido una cobarde al no pasar por la galería.

—Ya te he dicho que he estado muy ocupada en la cafetería desde que volví...

–¿Demasiado como para no poder telefonear a tu amante?

–¡Gabriel! –lo advirtió con vehemencia apartando las manos–. Tú no eres mi amante.

–Lo soy más de lo que lo ha sido ningún hombre.

¡Cuánto lamentaba habérselo dicho!

Gabriel no estaba disfrutando ni con la conversación ni con el hecho de estar molestando a Bryn, pero esa última semana sin saber de ella lo había frustrado hasta la desesperación.

Y solo verla ahí sentada, sola en una esquina de la cafetería, ver la delicadeza de sus mejillas, sus largas pestañas y ese sedoso pelo, había bastado para hacerle perder el aliento y causarle una erección... De hecho, ¡llevaba la mayor parte de la semana en ese estado de excitación!

Por todo ello no estaba de humor para aceptar otro rechazo de Bryn.

–¿A qué hora terminas esta noche?

–Gabriel...

–Podemos tener esta conversación o en mi apartamento, o aquí y ahora.

–Estoy cansada, Gabriel –dijo sacudiendo la cabeza.

–¿Y crees que yo no?

–No lo entiendo.

–No es que haya dormido como un bebé esta última semana mientras esperaba a que tomaras una decisión sobre nosotros.

–No existe un «nosotros».

–Oh, sí, Bryn, claro que existe un «nosotros».

–¿Es que el hecho de que no me haya molestado en contactar contigo desde mi regreso no te indica lo que pienso sobre lo que pasó entre los dos?

–Solo me dice que eres una cobarde, nada más.

–Es la segunda vez que me llamas «cobarde» y no me gusta.

–Pues entonces demuestra que no lo eres quedando conmigo cuando hayas terminado aquí.

–No somos niños jugando a retarnos, Gabriel.

–No somos niños y punto, y precisamente por eso deberías dejar de comportarte como tal. No pienso ir a ninguna parte, así que si creías que iba a hacer como si lo de la semana pasada no hubiese sucedido nunca, estabas muy equivocada. Porque sucedió, Bryn, así que acéptalo.

Bryn llevaba aceptándolo desde la semana anterior, aceptando que no podía resistirse a él, que había perdido el control en su despacho, que Gabriel había sido el que había frenado y había impedido que terminaran haciendo el amor, porque ella no había sido capaz de hacerlo. Aceptando que solo le hacía falta mirarlo para saber que lo deseaba.

–Pues hacerlo habría sido lo más cortés, dadas las circunstancias.

–Que me insultes no va a hacer que me levante y me vaya de aquí, Bryn. La última semana he estado haciéndome miles de preguntas, y ha sido un infierno –se pasó una mano por la cabeza.

Ella lo miró y, al ver las ojeras que ensombrecían sus ojos, se dio cuenta de que la última semana había sido tan difícil para él como lo había sido para ella.

–¿Por qué no aceptas sin más que no puedo hacer esto, Gabriel?

–Porque ninguno de los dos sabe aún qué es esto, y no estoy dispuesto a que te rindas hasta que lo descubramos.

–¿No es suficiente con que los dos sepamos que el pasado hace que sea imposible?

–Me niego a aceptarlo –intentó agarrarle la mano de nuevo.

–¡Pues tiene que aceptarlo! ¡Los dos tenemos que hacerlo!

–¿Has hablado con tu madre?

–¿Sobre ti?

–Está claro que no sobre mí. ¿Pero al menos le pediste que te confirmara lo que te conté?

–¿Y qué si lo hice? Saber qué o quién fue mi padre y lo que hizo no cambia nada, Gabriel.

–Supone que podamos dejar el pasado donde le corresponde, ¡en el pasado! No se puede cambiar ni rehacer, porque es lo que es, pero si... si nos deseamos lo suficiente, deberíamos poder hablar de ello. Y yo sí te deseo, Bryn, y el temblor de tu mano cuando te toco basta para decirme que tú también me deseas todavía. En este momento eso es lo único que me importa.

–¿Y qué pasará más adelante? ¿Qué pasará cuando el deseo se haya ido, Gabriel? –le preguntó con lágrimas en los ojos–. ¿Qué pasará entonces?

–¿Quién dice que eso vaya a pasar?

–Yo lo digo.

–Pues ya nos ocuparemos de eso cuando llegue el momento –le dijo con firmeza–. Por ahora solo quiero que estemos juntos y esperemos a ver adónde nos lleva todo esto. ¿Crees que podemos hacerlo? –le preguntó mientras le acariciaba la mano y la miraba intensamente.

¿Podían hacerlo? Esa última semana también había sido un infierno para Bryn, no había dejado de desearlo ni de recordar esa noche en su despacho. No había podido olvidar cómo ambos habían respondido el uno al otro, aun sabiendo quiénes eran, antes de que sus sentimientos de culpa la hubieran obligado a negar ese deseo que aún sentía por él. Un deseo que Gabriel le devolvía y que se negaba a ignorar. Se negaba a permitir que ella lo ignorara.

¿Podrían tener una relación durante el tiempo que duraran esos sentimientos e ignorar, sin más, el dolor del pasado? ¿Podría hacerlo ella?

Capítulo 9

PASA, Bryn. Serviré unas copas de vino –le dijo Gabriel cuando ella se quedó vacilante en la puerta del salón de su piso. Había sentido un gran alivio antes, cuando Bryn por fin había accedido a que se vieran una vez saliera de trabajar a las diez.

Había perdido peso, como pudo comprobar cuando ella entró en el salón y sus pantalones negros no se le ceñían a las piernas tanto como una semana antes; además, la clavícula se le marcaba mucho bajo el cuello de la camisa negra y esos ojos grises parecían enormes en la palidez de su rostro. ¿Era eso indicación de que le estaba costando tanto como a él luchar contra la atracción existente entre los dos? Eso esperaba, porque había vivido una auténtica tortura sin verla esa última semana.

Su expresión se suavizó cuando Bryn se sentó en uno de los sillones de piel marrón.

–¿Una noche ajetreada? –le preguntó mientras servía dos copas de pinot grigio.

–Mucho –respondió antes de dar un sorbo–. Tienes un piso muy bonito –añadió ante la decoración obviamente masculina y las originales obras de arte que cubrían las paredes.

–No es solo mío, pero no te preocupes, Bryn. Michael y Raphael no están en Londres ahora –añadió al ver su expresión de alarma–. Michael está en París y Raphael está en Nueva York.

—Son unos nombres preciosos.

—La casa familiar que tenemos en Berkshire se llama El descanso del arcángel, y te aseguro que he oído todo tipo de bromas y chistes al respecto.

Ella esbozó una sonrisa que se disipó de inmediato.

—Gabriel, solo he venido porque estoy de acuerdo en que tenemos que solucionar esta situación de una vez por todas y seguir adelante con... ¿Qué estás haciendo? —le gritó al ver que había dejado la copa en la mesa y se había arrodillado ante ella para descalzarla.

—Quitándote las deportivas, obviamente.

—¿Por qué?

—Supongo que te dolerán los pies de estar todo el día trabajando.

—Sí.

Gabriel asintió.

—Pues entonces ahora mismo agradecerías mucho un masaje.

—¿Un masaje? ¡Gabriel, para! —intentó apartarse cuando él comenzó a masajearle un pie con delicadeza—. ¡Gabriel! —su protesta resultó menos convincente ahora y dejó escapar un pequeño suspiro de placer cuando sus dedos siguieron descargando de tensión sus cansados músculos.

—¿Bien?

—¡Oh, sí! —echó la cabeza atrás contra la silla y cerró los ojos.

Tenía unos pies diminutos y elegantes, y las uñas pintadas de un rojo brillante y desafiante.

Bryn sabía que debía detener a Gabriel, que el hecho de que estuviera arrodillado a sus pies ya era bastante íntimo como para que también estuviera dándole un masaje. Debería detenerlo, pero no podía... Porque no quería; estaba disfrutando demasiado como para querer que parara.

Jamás había pensado que sus pies fueran una zona erógena, pero sin duda lo eran y la calidez que emanaba de las manos de Gabriel estaba moviéndose hacia otras partes de su cuerpo; los pezones se le estaban endureciendo y un calor ya familiar se estaba instalando entre sus muslos.

–Deberías plantearte dedicarte a esto profesionalmente –murmuró con los ojos cerrados–. ¡Podrías ganar una fortuna!

Gabriel se rio.

–Ya tengo una fortuna. Y además, los únicos pies que tengo interés en masajear son los tuyos.

Bryn abrió un ojo; el corazón comenzó a palpitarle con fuerza cuando Gabriel la miró y esos ojos marrones volvieron a resultarte tan adictivos como el chocolate. Una adicción a la que, de nuevo, le estaba costando resistirse.

–Creo que ya es suficiente, gracias –apartó los pies antes de subir las piernas al sillón, bien lejos de las caricias de Gabriel. Se le aceleró el pulso cuando él no hizo intención de levantarse del suelo–. Se está haciendo tarde, Gabriel. Tengo que irme pronto.

–¿Le contaste a tu madre que nos hemos vuelto a ver?

–¿Que si...? –abrió los ojos de par en par–. ¡Claro que no! –protestó con impaciencia.

–¿Por qué no?

–No seas tonto, Gabriel –le contestó feliz de que ya no la estuviera tocando porque, de ser así, habría visto que estaba temblando–. Mi madre nunca supo lo que pasó hace cinco años. Nunca... nunca le conté nada a nadie sobre la noche que me llevaste a casa desde la galería.

–La noche que te besé.

–Me sorprende que lo recuerdes.

–Fue demasiado memorable como para olvidarlo –le aseguró.

–Pues yo lo dudo.

Gabriel le dirigió una ardiente mirada.

–El momento no fue el mejor, y las circunstancias imposibles, pero incluso así quise hacer mucho más que solo besarte.

–¿Sí? –su confesión la dejó totalmente aturdida.

–Me sentía atraído por ti entonces, y me siento atraído por ti ahora.

–Hace cinco años era una adolescente regordeta, patosa y gafotas –mientras que él había sido un hombre esbelto y sofisticado con el mismo físico imponente que seguía robándole el aliento.

–Y ahora eres esbelta y elegante, y supongo que llevas lentes de contacto.

–Menos cuando pinto, que prefiero ponerme las gafas que me devolviste la semana pasada.

–Y hace cinco años no eras regordeta, Bryn, eras voluptuosa –le aseguró con vehemencia–. Y tus ojos eran igual de preciosos e increíbles detrás de esas gafas como lo son esta noche.

–Nos estamos desviando del tema, Gabriel.

–¿Y cuál es?

–Que solo imaginarme el dolor que le causaría a mi madre al contarle que nos hemos visto y que existe esta atracción entre nosotros es la razón por la que esto no puede continuar.

–Pero no puedes saber cómo va a reaccionar tu madre.

–Sé realista, Gabriel, e intenta imaginar cómo sería la conversación: «Ah, por cierto, mamá, ¿a que no adivinas con quién estuve a punto de acostarme hace unas noches? Con Gabriel D'Angelo. ¿Qué cosa tan rara, verdad?».

Gabriel respiró hondo antes de levantarse y dar un sorbo de vino sabiendo que Bryn buscaba una pelea porque, probablemente, era el único modo de ponerle fin a esa situación. Pero no estaba dispuesto a dársela, no iba a ponerle las cosas fáciles después de la semana de incertidumbre que había tenido que soportar.

—No nos acostamos, Bryn, aunque estuvimos muy cerca, pero no hubo nada de «raro» en nada de lo que hicimos.

Su rubor se intensificó al mirarlo.

—¿No vas a intentar ponerte en mi lugar, verdad?

—No estoy dispuesto a dejarte marchar solo porque creas que tu madre podría reaccionar mal si se enterara de lo nuestro.

—¿Y si me alejo porque soy yo la que está reaccionando mal ante la idea de que estemos juntos?

—¿Y es así?

—¡Sí!

—¿Por qué?

—Sé que eres un hombre inteligente... —le dijo exasperada.

—Gracias —contestó él secamente.

—Y como inteligente que eres, debes saber que esta situación es imposible. ¡Por el amor de Dios! Mi padre fue a la cárcel por intentar timaros a tu familia y a ti —añadió con impaciencia.

—Soy bien consciente de lo que pasó hace cinco años.

—Pues entonces tú también tendrás tus preocupaciones al respecto. ¿O es que estás diciendo que no te supone ningún problema el hecho de que sea la hija de William Harper?

–Por supuesto que me supone un problema. Como poco, resulta inconveniente...

–¡Inconveniente! –repitió ella incrédula.

–Porque el pasado está afectando al modo en que ves lo nuestro ahora.

Aún seguía hundida por lo sucedido en el pasado, pero después de haber hablado con su madre la semana anterior creía que su padre, decidido a ignorar el consejo que le había dado Gabriel de marcharse con su cuadro, había preferido informar a la prensa haciendo que la situación se descontrolara. Y todo eso hacía que cambiara la percepción que tenía de lo sucedido. Había venerado a su padre de niña y lo había adorado por el hombre que creía que era, pero ahora que era adulta se veía forzada a aceptar que había estado muy lejos de ser el padre y el marido perfectos.

Y, sí, Gabriel había tenido que ver con el hecho de que lo encarcelaran, pero todo lo había provocado su padre. No eran ni el pasado ni la implicación de Gabriel en lo sucedido lo que hacía que ahora su relación fuera imposible; era lo que Bryn sentía por él.

Cinco años atrás había estado prendada de él, completamente cautivada por el atractivo Gabriel D'Angelo, pero desde que lo había vuelto a ver y habían compartido aquel momento de intimidad, se había dado cuenta de que no había sido un encaprichamiento lo que había sentido entonces. Se había enamorado de él, seguía amándolo, y era la razón por la que no le había interesado ningún otro hombre; ¡porque ninguno podía igualarse a él!

Pero era un amor en vano, y no solo por el pasado, sino porque Gabriel, aún soltero a sus treinta y tres años, no era de los que se enamoraban y, mucho menos, para siempre.

Oh, sí, se sentía atraído por ella, la deseaba, pero eso era todo lo que sentía, y lo único que le servía a Bryn para evitar seguir enamorándose más y más era el escudo que representaba lo sucedido en el pasado.

—No tengo nada que opinar sobre lo nuestro —dijo levantándose.

—Eso no...

—Y tampoco me parece una buena idea que volvamos a quedarnos solos. Me has pedido que habláramos, y eso hemos hecho. Te he dicho exactamente lo que pienso. Y si algo de lo que he dicho te hace cambiar de opinión sobre incluirme en la exposición, ¡que así sea! —añadió con actitud desafiante.

Gabriel la miró con frustración, sabiendo que lo estaba ignorando deliberadamente, pero no sabía cómo derribar ese muro que había alzado para alejarlo de su lado, algo ya revelador de por sí a pesar de no saber hasta qué punto.

—No cambiaré de opinión, Bryn. Sobre nada.

—¿Qué significa eso?

—Significa que no me conoces muy bien si crees que algo de lo que has dicho me va a alejar de ti —respondió con una sonrisa burlona—. Significa que durante las dos semanas que quedan para la exposición voy a pedirte que vengas a la galería al menos una vez al día, y te reunirás conmigo, no con Eric. Significa, Bryn, que puedes intentar alejarte de mí, de la atracción que existe entre los dos, pero durante las próximas dos semanas no te voy a permitir que me ignores.

—¿Por qué estás haciendo esto? —le preguntó con los ojos cubiertos de lágrimas.

—¿Por qué crees que lo estoy haciendo? —respondió, odiando ser el causante de esas lágrimas, pero odiando más todavía la idea de rendirse.

–¿Probablemente porque eres el arrogante Gabriel D'Angelo? ¿Porque un D'Angelo nunca acepta un «no» por respuesta? ¡O posiblemente porque disfrutas torturándome!

–Buen intento, Bryn, pero ya te he advertido que no vas a conseguir nada insultándome.

–Yo no...

–Sí, claro que sí, Bryn. Y sí, soy arrogante, lo suficiente como para no aceptar un «no» de la mujer que sé que me desea tanto como yo a ella. Puede que tus labios estén diciendo que no, pero el resto de tu cuerpo, y en especial tus pezones excitados –deliberadamente posó la mirada en ellos, marcados contra la camisa de algodón–, sin duda dicen «sí, por favor».

Bryn se cruzó de brazos a la vez que por dentro reconocía que era cierto; estaba excitada por el placer que le habían producido los masajes de Gabriel un momento antes, pero también porque parecía estar en un estado constante de excitación siempre que estaba cerca de él. No tenía más que mirar esos sensuales ojos, esos labios esculpidos y ese cuerpo absolutamente masculino para que todo su cuerpo se excitara, y ahora Gabriel estaba ordenándole que durante las dos semanas que faltaban para la exposición pasara a diario por la galería.

–En este momento no me gustas mucho, Gabriel.

Él sonrió, cruzando con depredadores pasos la distancia que los separaba.

–Si esto significa que no te gusto, que continúe así por mucho tiempo –dijo a la vez que ella retrocedió hasta toparse con una pared–. Creo que podría hacerme adicto a tu forma de odiarme –posó las manos sobre la pared, a ambos lados de su cabeza, la miró y la besó.

Tras vacilar brevemente, Bryn suspiró, lo rodeó por los hombros y recibió el beso con otro cargado de deseo en el que no hubo espacio para la delicadeza. Mientras sus dedos se enredaban entre el oscuro cabello de su nunca, sus lenguas se entrelazaban y ella curvaba el cuerpo hacia él. ¡Esa suavidad de sus pechos contra los duros músculos del torso de Gabriel, esos muslos arqueándose mientras su vientre ejercía presión contra su erección, esa excitación cada vez más latente mientras sus muslos se rozaban...!

Gabriel apartó la boca para besarle el cuello y los pechos, y gimió de frustración cuando su camisa le impidió continuar; una barrera que derribó fácilmente agarrando ambos lados y tirando de ellos haciendo que varios botones salieran volando. Se la quitó y la dejó caer al suelo.

–Oh, sí –exclamó al posar la mirada sobre la cremosidad de sus pechos visibles por encima de un sujetador de encaje rojo–. Voy a lamer tus pechos... –le dijo mirándola fijamente mientras se lo desabrochaba y lo tiraba al suelo–, y voy a seguir lamiéndolos y mordisqueándolos... –añadió al poner las manos sobre esos senos coronados por unos inflamados pezones color fresa– hasta que vuelva a verte retorcerte de placer.

–No, Gabriel...

–Sí, Bryn –le dijo con la mirada y las mejillas encendidas–. Lo deseas tanto como yo.

Y así era, sí, sin duda. Ansiaba sentir los labios y las manos de Gabriel sobre ella otra vez, y esa increíble y abrumadora sensación de dejarse arrastrar por él hasta el clímax.

–Son míos, Bryn –dijo apretándole los pechos–. ¿Lo entiendes? Son míos. ¡Para que pueda lamerlos y darte placer! ¡Y no pienso dejarte salir de aquí hasta que te lo haya demostrado!

Parecía como si el hecho de que Bryn hubiera estado

negando que existía una relación entre ellos lo hubiera empujado a desprenderse de su comportamiento más civilizado, y ahora se veía invadido por una pérdida de control absoluta. Algo que también se estaba desatando en el interior de Bryn, que sintió un intenso calor entre los muslos cuando Gabriel agachó la cabeza y succionó un pezón a la vez que el otro lo acariciaba con los dedos.

No dejaba de succionar uno y acariciar y apretar el otro, generando tanto cierto dolor como deseo; un deseo que latía entre sus muslos y que le hizo gemir y arquear la espalda, empujando los pechos más todavía hacia la boca de Gabriel, que presionaba su muslo rítmicamente contra el vértice de los muslos de Bryn.

–¿Gabriel? –le preguntó a modo de protesta cuando él le soltó un pecho para mirarla.

–Mírame mientras te llevo al límite del placer. ¡No, Bryn! –dijo al verla desviar la mirada–. ¿Quieres que pare? ¡Mírame ahora, Bryn, y dime que quieres que pare! –cuando ella giró lentamente la cabeza, añadió–: Dime que pares y lo haré.

–No... no puedo. ¡No pares, Gabriel! –dijo dirigiéndolo hacia sus pechos–. ¡Por favor, no!

–Esta vez, mírame –le respondió él suavemente acariciando con su cálido aliento un pezón inflamado y humedecido–. Quiero mirarte a los ojos cuando llegues al clímax –sacó la lengua y, sin dejar de mirarla mientras lo succionaba, le desabrochó los vaqueros y se los bajó.

Por mucho que lo hubiera intentado, Bryn no podría haber apartado la mirada; su placer iba en aumento y descontrolándose ante el erotismo que le produjo ver a Gabriel separando los labios para tomar su pezón y deslizar las manos hacia sus braguitas de encaje rojo.

Una y otra vez esos dedos la acariciaron, se hundieron

en la humedad de su sexo, nunca sin llegar a ejercer la presión que ella tanto ansiaba sobre ese punto de placer.

–Por favor, Gabriel –dijo jadeante al no poder soportar más la tortura–. ¡Oh, sí! –exclamó aferrándose a sus hombros y alzando los muslos instintivamente cuando, por fin, esos dedos rozaron ligeramente ese inflamado punto–. ¡Más fuerte! ¡Más fuerte! –gritó invadida por un placer cada vez más intenso según él iba aumentando la presión y la velocidad de sus caricias.

–Déjate llevar, Bryn –la animó él hablando contra la cremosidad de su pecho–. Hazlo para mí –a la vez que posó la boca sobre su pezón, acarició con presión ese punto de placer y lo sintió palpitar entre sus dedos mientras ella jadeaba y se veía asaltada por los escalofríos de un orgasmo que él se decidió a prolongar y mantener al máximo.

–¡Oh, oh, oh! –echó la cabeza suavemente sobre el hombro de Gabriel mientras seguía temblando de placer.

Gabriel la abrazó contra su pecho; tenía la respiración tan entrecortada como ella.

–Y esto, mi preciosa Bryn, es por lo que me niego a alejarme de ti. De nosotros. Por mucho que me lo supliques.

Bryn quería suplicarle, pero no para que se alejara, sino para que siguiera haciéndole el amor. ¡Una y otra vez! Y esa, precisamente, era la razón por la que ella sí que tenía que alejarse.

Capítulo 10

LAS dos semanas siguientes fueron un absoluto infierno para Bryn, obligada, tal como le había prometido Gabriel, a ir a la galería y verlo a diario mientras se ocupaban de los últimos detalles de la exposición.

Y no porque Gabriel hubiera intentado en ningún momento revivir los momentos de intimidad vividos en su apartamento aquella noche. Oh, no, él se había planteado una tortura más sutil aprovechando toda oportunidad que le surgía para tocarla haciendo que pareciera algo accidental, sin decir ni una palabra ni dar ninguna muestra de la atracción que crepitaba y ardía entre los dos cada vez que estaban juntos. No tardó en darse cuenta de que Gabriel estaba dispuesto a torturarla ¡y cómo lo estaba logrando!

Según pasaban los días llegó al punto de temblar cada vez que se acercaba a la Galería Arcángel pensando si ese sería el día en el que Gabriel la besaría, la acariciaría antes de que se volviera loca de deseo. Estaba embriagada por su seductor aroma masculino, cautivada por los músculos de sus hombros y de su espalda cuando se quitaba la chaqueta y la corbata, y por el oscuro vello que le asomaba por el cuello de la camisa cada vez que se desabrochaba un par de botones cuando no estaban en público. Había ansiado enroscar los dedos en ese brillante y sedoso vello, acariciar su firme espalda, el suave cabello de su nuca.

Ya solo faltaba un día para la exposición, solo unas horas más de tortura, se dijo la última mañana de camino a la galería. Pero, por desgracia, al llegar a la sala fue consciente de que esas serían las veinticuatro horas más difíciles de las últimas dos semanas.

Se quedó sin aliento y palideció al ver a los tres hombres que charlaban tranquilamente porque allí, junto a Gabriel, estaban sus dos hermanos, Michael y Raphael. Dos hombres que no tenían ningún motivo para sentir la más mínima simpatía por ella.

Gabriel sintió la presencia de Bryn incluso antes de girarse y verla paralizada y pálida al otro lado de la sala. Sus sentidos se habían agudizado tanto ante su presencia durante esas dos semanas que ahora sentía una especie de vibración bajo la piel cada vez que ella estaba cerca. Se excitaba solo con captar el aroma de su perfume, y el sonido de su voz bastaba para que se le erizara el pelo de la nuca y lo recorriera un cosquilleo de placer. Había perdido la cuenta de la cantidad de veces que se había visto tentado a ponerle fin a ese tormento, a tomar a Bryn en sus brazos y hacerle el amor hasta que admitiera que lo deseaba con la misma pasión que él a ella.

Lo único que le impedía hacerlo era la propia Bryn porque, por el bien de los dos, esta vez tenía que ser ella la que propiciara el acercamiento, por propia elección. Y si pare ello tenía que enloquecer mientras tanto, lo aceptaría.

—¿Bryn? —le dijo con delicadeza al ver que ella no hacía intención de entrar.

–Yo... eh, perdón, solo quería... No sabía que había nadie... Volveré luego –murmuró dándose la vuelta con la clara intención de salir corriendo de allí.

–¡Bryn!

Se detuvo en seco, con la espalda y los hombros claramente tensos, y las manos cerradas a ambos lados de su cuerpo mientras se debatía entre darse la vuelta o seguir corriendo. De pronto se sintió mareada y fue como si hubiera olvidado respirar, el corazón le palpitaba con tanta fuerza que estaba segura de que los tres hombres podían oírlo.

Nadie la había avisado de que sus hermanos estarían allí. ¿No era ya bastante tortura tener que haber visto a Gabriel a diario como para ahora tener que enfrentarse también a ellos? Sin embargo, nada podía cambiar el hecho de que eran los copropietarios de la galería y que no le quedaba más remedio que tener que verlos algún día. Así que, tal vez, mejor ahora, que después en la exposición, cuando hubiera público y el encuentro pudiera resultar más embarazoso.

Respiró hondo antes de girarse lentamente, con la barbilla bien alta y la mirada fija en Gabriel. Antes de hablar, se humedeció los labios.

–Se me ha ocurrido pasar a echar un vistazo antes de la exposición.

–Me alegro de que lo hayas hecho –respondió Gabriel al acercarse–. A mis hermanos les gustaría conocerte.

Bryn apenas pudo contener un bufido de desdén al mirarlo con escepticismo; ambos sabían que era la última persona a la que Michael y Raphael querrían conocer.

–Creía que tus hermanos no aprobaban mi participación en la exposición –dijo lo suficientemente alto para que los tres la oyeran.

Gabriel apretó la mandíbula y su mirada se oscureció con desaprobación ante esa actitud tan desafiante.

—En un principio cuestionamos tus motivos para participar en la competición, sí —dijo uno de ellos... ¿Michael o Raphael?

—Calla, Rafe —le ordenó Gabriel.

—Y algunos seguimos haciéndolo —añadió Raphael ignorando a su hermano y acercándose a los dos—. No creo que Gabriel se haya molestado en preguntarte esto, pero ¿por qué nosotros, señorita Jones? —le preguntó enarcando una ceja con sorna.

—¡Cierra la boca, Rafe! Soy Michael D'Angelo, señorita Jones —dijo extendiéndole la mano.

Ella levantó una mano vacilante y dejó que Michael se la estrechara breve pero firmemente.

—Creo que todos sabemos que mi apellido no es «Jones».

—Agresiva, me gusta —señaló Raphael.

—¡Calla, Rafe! —dijeron Gabriel y Michael al unísono y con tono de hastío, como si llevaran años repitiendo la misma frase.

Bryn se mordió el labio mientras los miraba a los tres: Gabriel y Michael miraban a Rafe con exasperación mientras que este les sonrió a los dos antes de girarse para guiñarle un ojo a Bryn.

Ella abrió los ojos de par en par al darse cuenta de que, más que estar desafiándola, lo que estaba haciendo Rafe era intentar enfadar a sus hermanos.

—No entiendo nada.

—¿Ni siquiera entiendes a Gabriel? —preguntó Raphael.

—Rafe...

—Lo sé, que me calle —dijo él con actitud desenfadada y metiéndose las manos en los bolsillos de los vaqueros–. No sé por qué, pero a Michael y a ti os encanta arruinar mi diversión.

Bryn se quedó desconcertada con Michael y Raphael; sin duda había esperado hostilidad por su parte, como poco, pero ahí no había nada de eso. Michael resultaba un poco severo y reservado, pero ese parecía ser su carácter habitual más que una actitud dirigida específicamente hacia ella. En cuanto a Raphael... tenía la sensación de que mantenía una apariencia irreverente para ocultar los verdaderos sentimientos que contenía bajo ese perfecto y musculado pecho.

Gabriel pudo captar fácilmente el desconcierto de Bryn ante sus hermanos, así como el modo en que Rafe estaba observándola. La agarró por el codo con actitud posesiva para decirle:

–Si nos perdonáis, quiero hablar con Bryn en mi despacho un momento.

–¿«Hablar» con ella, Gabriel? –comentó Raphael con sorna.

–Os veo esta noche –contestó él lanzándole a su hermano una mirada de advertencia.

–No lo dudes –respondió Rafe desafiante–. Estoy deseando volver a verte esta noche, Bryn.

–Por el amor de Dios, Rafe, ¿podrías...?

–Lo sé, lo sé. Que me calle –dijo ante la llamada de atención de Michael.

Gabriel sacudió la cabeza y, sin soltar a Bryn, salieron de la sala en dirección al ascensor.

–Disculpa por lo de Rafe. Como habrás podido ver, tiene un sentido del humor retorcido.

–A mí me ha parecido... muy majo –respondió vacilante al subir al ascensor.

–«Majo» no es una palabra que emplearía para describir a mi hermano. Irritante, molesto, exasperante, pero nunca «majo». Al decirlo Gabriel supo que estaba siendo injusto con su hermano; al fin y al cabo, había sido él el que había decidido informarlo sobre la verdadera identidad de Bryn Jones después de que Michael hubiera preferido no hacerlo.

–Tus hermanos han sido mucho más amables conmigo de lo que me habría imaginado nunca dadas las circunstancias –murmuró al salir del ascensor en dirección al despacho.

–¡Pues te aconsejo que no compliques una situación que ya es imposible de por sí sucumbiendo a los encantos de uno de mis hermanos! –le dijo con brusquedad.

–Yo no... no quería decir... ¿Por qué piensas que podría hacer algo así?

–Ya sabes la respuesta a esa pregunta, Bryn –respondió él al entrar en el despacho y cerrar la puerta antes de girarse hacia ella y sujetarla por las caderas.

–¿La sé?

–Sí. Pero para que no haya ningún malentendido, te recuerdo que el único D'Angelo que va a besar estos labios hoy seré yo –le aseguró deslizando un dedo sobre su carnoso labio inferior.

–No me interesa que me besen ni Raphael ni Michael.

–Me alegra oírlo. ¿Y a mí, Bryn? ¿Te interesa besarme a mí?

–Gabriel... –dijo con la voz entrecortada.

Gabriel tuvo que hacer uso de toda su fuerza de voluntad para no besarla al sentir su cuerpo temblando contra el suyo, pero sabía que no podía, necesitaba que Bryn diera el primer paso.

–Un solo beso, Bryn. Por el éxito de la exposición.

Bryn lo miró deseando volver a sentir sus labios, perderse en ese placer, pero al mismo tiempo sabía que un solo beso no bastaría, que querría mucho más que solo pasión y placer. ¡Mucho, mucho, más! Y Gabriel no tenía nada más que ofrecerle.

–No puedo –dijo con voz suave apartándolo.

–¿No puedes o no quieres? –le preguntó con dureza y rodeándola con más fuerza.

–Suéltame, Gabriel.

–¿Por qué haces esto, Bryn? ¿Por qué estás haciendo que los dos suframos por tu terquedad?

–Ya sabes por qué.

–Porque te preocupa tu madre y lo que piense sobre el hecho de que estemos juntos.

A ella se le llenaron los ojos de lágrimas.

–¿Es que crees que debería conseguir lo que quiero sin importarme cómo pueda afectar a los demás?

–Si yo soy lo que quieres, entonces, sí, ¡maldita sea!, eso es exactamente lo que creo que deberías hacer.

–Tú mismo lo has dicho, Gabriel. Esta es una situación imposible que no tiene por qué complicarse más aún.

–Y cuando lo he dicho, te advertía que no te tomaras en serio el flirteo de Rafe.

Bryn contenía las lágrimas.

–Gabriel, solo nos queda un día juntos. ¿Crees que podríamos terminarlo sin discutir?

–¿Y tú crees que voy a salir de tu vida tan tranquilo después de esta noche?

–Eric me dijo hace semanas que volverías a la galería de París después de la inauguración de la Exposición de Nuevos Artistas.

–¿Eso te dijo?

–¿Es que no tienes pensado volver a París mañana? –le preguntó mirándolo a los ojos.

–No –le respondió con satisfacción–. Es más, Rafe,

Michael y yo estábamos hablando de eso cuando has llegado. Michael vuela a Nueva York mañana para ocuparse de la galería de allí durante un mes, Rafe se marcha a París, y yo me quedo aquí supervisando la exposición y la subasta.

Bryn sabía que todo ello significaba que estaría en Londres durante al menos dos semanas, o posiblemente más, y que su presencia allí seguiría siendo un tormento y una tortura.

–Suéltame, Gabriel. Por favor –añadió cuando él la rodeó con firmeza por la cintura–. Tengo que estar en la cafetería a las diez.

–¿Vas a trabajar hoy?

–¡Por supuesto que voy a trabajar hoy! –le respondió con impaciencia y apartándose de él, pudiendo respirar, por fin, ahora que no estaba pegada a su cuerpo–. Aún no he vendido ninguno de mis cuadros y tengo un alquiler que pagar a fin de mes.

–Desde esta mañana uno de tus cuadros tiene una pegatina de «reservado».

–¿Sí?

–Michael lo quiere.

–¿Que lo quiere?

–Umm –respondió él con una adusta sonrisa.

–¿Y cuál es?

–El de la rosa.

La rosa marchita, la representación de la muerte de las esperanzas y de los sueños.

–Vaya... me siento halagada –murmuró suavemente.

–Deberías. La colección privada de arte de Michael es muy exclusiva. Y tengo razones para pensar que lord Simmons está muy interesado en comprar uno también.

–Eso es... increíble –dijo con un brillo en la mirada y agarrándole las manos de forma impulsiva–. Esto es real, ¿verdad, Gabriel? ¡Voy a vender algún cuadro y a lo mejor hasta puedo dedicarme a pintar a tiempo completo!

–Sí, totalmente real –le confirmó acercándola a sí–. Esta es tu noche, Bryn –la besó con delicadeza–. Y quiero que la disfrutes. Que disfrutes cada momento de ella.

–¡Oh, lo haré! –le aseguró con alegría–. Gracias, Gabriel, por darme esta oportunidad. Sé que he sido difícil, pero... de verdad que te agradezco mucho todo lo que has hecho por mí.

Gabriel solo esperaba que se siguiera sintiendo así después de esa noche. Las dos últimas semanas que había estado con ella le habían bastado para saber que algo tenía que cambiar, que no podían seguir así, de modo que había movido algunos hilos para propiciar ese cambio, y no estaba seguro de que Bryn fuera a perdonarlo por ello.

Capítulo 11

¿TODO está saliendo como esperabas?

Bryn se giró y sonrió a Eric.

—¡Es mucho más de lo que esperaba! —le sonrió al aceptar una copa de champán.

Había unas doscientas personas en la muestra privada; todos los hombres llevaban traje y las mujeres resplandecían con sus vestidos de noche y sus caras joyas. Montones de camareros circulaban entre ellos con bandejas de canapés y copas de champán, y enormes centros de flores perfumaban la brillantemente iluminada sala.

Ella había optado por un sencillo vestido negro por encima de la rodilla y las únicas joyas que lucía eran una sencilla pulsera de plata y un relicario, ambos regalos de su madre.

Su sonrisa se desvaneció al pensar en ella, en lo mucho que le habría encantado todo eso, y en lo orgullosa que se habría sentido de su éxito, pero Bryn no se había atrevido a contarle nada sobre la exposición.

Como era de esperar, los hermanos D'Angelo estaban increíblemente guapos, pero para ella el hombre que más destacaba entre todos los de la sala era Gabriel. Su hipnótico aspecto la obligaba a mirar hacia donde estaba charlando con David Simmons; era como si tuviera un imán. El corazón se le aceleró al oír sus carca-

jadas. Un corazón que sufría. Sufría por estar con él.
Por hacerle el amor, aunque fuera una sola vez.

Gabriel se quedó paralizado al sentir que lo obser-
vaban mientras charlaba con David Simmons.

Bryn. De pie al lado de Eric al otro lado de la abarrotada sala, con sus ojos grises clavados en él y sus carnosos labios esbozando una sonrisa.

Alzó la copa de champán hacia ella en un silencioso
brindis; la exposición solo tenía una hora de vida, pero
los cuadros de Bryn eran los que más atención estaban
despertando. Ella sonrió al aceptar su brindis. ¿Con felicidad? ¿O con algo más?

–... entretenerte más cuando veo que estoy impidién-
dote estar donde de verdad quieres estar –oyó decir a la
voz de David.

Muy a su pesar, apartó la mirada de Bryn para girarse hacia él.

–¿Cómo dices?

–¡Te recomiendo que vayas con ella, hombre! –le
sonrió.

–¿Tan obvio es?

–Es una chica preciosa. Tiene tanta belleza como talento y eso es una combinación letal, ¿eh?

–Letal –aceptó Gabriel.

–¡Pues entonces ve! –le dio una palmada en la espalda–. Antes de que ese pillo de tu hermano se te adelante –añadió al ver que Rafe se acercaba a Bryn con
determinación.

–Maldito seas, Rafe –murmuró Gabriel al echar a
andar para interceptar a su hermano–. ¡Esto no es lo que
acordamos que tenías que hacer esta noche!

Rafe enarcó las cejas con gesto burlón.

–Se me ha ocurrido hacerle compañía a Bryn mientras espero. Por cierto, esta noche está impresionante.

–Manos fuera, Rafe.

–¿Sabe Bryn lo posesivo que eres?

–Sí –respondió no muy seguro de que Bryn no fuera a odiarlo al final de la noche.

–¿Y le has dicho ya lo que sientes por ella? –le preguntó riéndose.

–Vete al infierno, Rafe.

–Claro. ¿Por qué hacer las cosas del modo fácil cuando puedes complicarlas? –sacudió la cabeza–. A este paso vas a terminar siendo tan frío y distante como Michael.

–Le gusta vivir así.

–Pero a ti no, ya no. ¡Y por eso deberías ir por esa mujer sin importarte lo demás!

–Los dos sabemos que no es tan sencillo.

–Pues entonces te sugiero que lo simplifiques y terminemos con el sufrimiento de todos.

–Ya te llegará a ti la hora, Rafe, y entonces a ver cómo te enfrentas a ello. Y a ella.

–Jamás dejaré que ninguna mujer, ¡ninguna!, se interponga entre mi vida de soltero y yo.

–Oh, pasará, Rafe, hazme caso, y cuando suceda voy a disfrutar viendo cómo te comes tus palabras –dijo riéndose con satisfacción–. Mientras tanto, mantén tus encantos alejados de Bryn.

–No soportas tener competencia, ¿eh?

–Eres demasiado irritante como para que te considere una competencia seria. Y ahora, si me perdonas, voy a hablar con «mi chica» –pero antes de llegar a su lado, la vio palidecer y avanzar hacia la entrada de la galería.

Y entonces Gabriel supo que había llegado el momento de la verdad.

—¡Ve, Rafe, ahora! —dijo yendo hacia Bryn.

Bryn estaba segura de que tenía que estar alucinando, sin duda, por la tensión de las dos últimas semanas y un exceso de champán en su estómago vacío, porque era imposible que estuviera viendo a su madre y a Rhys en la galería, ambos guapísimos y elegantemente vestidos.

Su madre la estaba mirando y sonriendo justo cuando Raphael D'Angelo se les acercó, le besó la mano a ella y se la estrechó a Rhys.

No, era imposible que se estuviera imaginando todo eso. Pero entonces, ¿cómo demonios se habían enterado...? ¡Gabriel! Tenía que haber sido él. ¿Y por qué? ¿Por qué había generado una situación tan potencialmente destructiva en una noche tan importante para la galería? ¿Es que quería vengarse de las dos aun a costa del éxito de Arcángel y de semanas de duro trabajo? No. No podía creerlo. No podía pensar eso del hombre al que amaba y al que había llegado a conocer tan bien durante esas dos semanas. Tenía que haber otra razón, una razón inocente, para que los hubiera invitado deliberadamente a la exposición.

—¿Bryn? ¡Bryn!

Se giró ante el sonido de la voz de Gabriel intentando centrar la mirada a pesar de los puntos negros que veía por todas partes.

—¿Por qué? —fue lo único que alcanzó a decir antes de que esos puntos negros se unieran en un enorme agujero por el que se precipitó.

No fue consciente de caer en los brazos de Gabriel, ni de los gritos de preocupación de los invitados, ni de la angustia de su madre mientras los seguía a los dos hasta el despacho dejando a Rhys y a Rafe encargados de dar explicaciones. No, no fue consciente de nada de eso cuando volvió en sí y oyó a su madre y a Gabriel hablando en voz baja.

–...debería haberla advertido –murmuró Gabriel disgustado mientras le sujetaba la mano con fuerza.

–Querías que fuera una sorpresa –le respondió Mary para tranquilizarlo.

–¡Y mira cómo ha resultado! –maldijo al mirar el delicado y pálido rostro de Bryn.

–Es solo un desmayo, Gabriel. Conociéndola, seguro que ha estado tan emocionada con lo de esta noche que no ha comido en todo el día.

Gabriel se levantó bruscamente y se pasó una mano por el pelo.

–Solo quería que os tuviera a los dos aquí para compartir su éxito con vosotros.

–Lo sé, Gabriel. Y Bryn también lo sabrá y entenderá.

–¿Tú crees? –sabía que Bryn era más que capaz de creer que tenía alguna razón maquiavélica para haberlos invitado a la exposición.

–Lo creo –dijo Mary sentándose ahora donde antes había estado sentado él, en el sofá al lado de Bryn–. Admito que a veces mi hija puede tener mucho genio, pero no es tan terca como para juzgarte injustamente. Y lo que has hecho por ella ha sido increíblemente bondadoso.

–Pues Bryn no me ve bondadoso ni por asomo.

–Bueno, creo que te quedarías muy positivamente sorprendido con lo que mi hija ve en ti –murmuró Mary secamente.

Bryn supo que ese último comentario iba más dirigido a ella que a él, que su madre se había dado cuenta de que había vuelto en sí, pero que estaba disimulando.

–Cuando se despierte, tienes que contárselo todo, Gabriel. Tiene que saber lo que hiciste por nosotras hace cinco años, lo que hiciste por ayudarnos a crearnos una nueva vida juntas en Gales después de que William muriera.

Bryn frunció el ceño ante esa revelación, al mismo tiempo que comprendió que lo de «cuando despierte» había sido una indirecta. Y sin duda tenía que hacerlo, quedarse ahí escuchando la conversación era totalmente injusto para Gabriel. Además, quería oír todo lo que había hecho por ellas.

Mary le soltó la mano a su hija antes de levantarse.

–Eres un buen hombre, Gabriel, y si le das una oportunidad a mi hija, creo que descubrirás que ella también lo sabe. Y ahora creo que es hora de que baje y os deje a solas para hablar.

–Pero...

–Mi madre tiene razón, Gabriel –le dijo Bryn al abrir los ojos y mirarlos a los dos–. Tenemos que hablar –se incorporó lentamente.

–No estoy seguro de que debas hacer eso –le dijo él sentándose apresuradamente a su lado y tomándole ambas manos–. Puede que aún estés un poco aturdida por...

–¿Mamá?

–Voy a bajar a disfrutar del éxito de mi hija. ¿Os veré luego?

–Seguro –respondió Bryn, que solo tenía ojos para Gabriel.

–Ah, y Bryn... –dijo su madre deteniéndose en la puerta–. Te equivocas. Gabriel no es «inapropiado» de ningún modo –le aseguró antes de cerrar la puerta del despacho.

Capítulo 12

¿A QUÉ ha venido eso? –preguntó Gabriel.

A Bryn se le llenó la vista de lágrimas al mirarlo sabiendo que su madre se había referido a la conversación que habían tenido en Gales tres semanas atrás, cuando había insistido en que el hombre al que amaba no era «apropiado».

–Ya no importa. Yo... Gabriel, tengo que darte las gracias por haber invitado a mi madre y a Rhys. Has hecho que la noche sea mucho más especial.

–Tanto que te has desmayado, ¡maldita sea! –dijo disgustado consigo mismo.

Bryn le agarró la mano cuando él hizo intención de levantarse.

–Quiero que te quedes aquí –le dijo con firmeza–. Tengo que decirte algunas cosas y quiero que estés a mi lado mientras te las digo.

–¿Voy a necesitar mi whisky de malta para superarlo?

–No lo creo, no –sonrió respirando hondo antes de volver a hablar–. Tengo que admitir que cuando los he visto aquí me he preguntado por qué lo habrías hecho, pero ha sido solo por un instante, solo un instante, antes de saber, gracias a lo que te conozco, que habrías tenido buenos, y no malos, motivos.

–La verdad es que lo he hecho por puro egoísmo

–dijo con una mueca de disgusto; la deseaba tanto que estaba dispuesto a hacer lo que fuera por conseguirla.

–No me lo creo.

–Pero ha sido así. No dejabas de insistir en que no podría haber nada entre nosotros porque sabías cómo reaccionaría tu madre si se enteraba, así que decidí eliminar ese inconveniente.

Bryn se lo quedó mirando unos segundos y entonces esbozó una sonrisa.

–Acepto que ese puede haber sido uno de los motivos...

–Oh, créeme, fue el motivo principal.

Bryn seguía sonriéndole.

–Te gusta que la gente piense que eres duro y poco compasivo, ¿verdad?

–Soy duro y...

–De ningún modo eres poco compasivo. Y puede que logres convencer a otros, pero creo que deberías saber que yo hace tiempo que no me lo creo. No, desde que me di cuenta de que me había enamorado de ti.

–¿Bryn? –le apretó la mano con más fuerza.

–No te preocupes, no lo digo esperando que el sentimiento sea recíproco. Solo creo que deberías saber que, al volver a vernos, me he dado cuenta de que hace cinco años me enamoré de ti... y que sigo enamorada de ti. Y que no tengo ninguna intención de tener algún tipo de relación contigo y fingir que no estoy...

–¿Acabas de decir que te enamoraste de mí hace cinco años? –le repitió atónito.

–Sí, eso he dicho. Y la razón por la que ahora te estoy diciendo esto es porque quiero que sepas lo que siento antes de que me cuentes cómo ayudaste a mi madre. Es hora de que seamos sinceros el uno con el otro y, por eso, no quiero que haya ningún malentendido con respecto a por qué y cuándo me enamoré de ti.

—¿Nos has oído hablar?

—Sí.

—¿De verdad te enamoraste de mí hace cinco años?

—A primera vista, creo, pero después de que arrestaran a mi padre me pregunté cómo podía seguir enamorada del hombre que había ayudado a encarcelarlo. Ahora sé la verdad, sé que intentaste detenerlo para salvarlo de la situación y de sí mismo, y que la respuesta de mi padre fue informar a la prensa y estropearlo todo.

—Gracias a Dios. ¿De verdad me quieres, Bryn?

—Es más, hace unas semanas me di cuenta de que eres la razón por la que sigo siendo virgen a los veintitrés. Ningún otro hombre podía igualarse a mi primer amor –al verlo atónito, añadió–: ¿Demasiada sinceridad para ti?

¿Demasiada? ¡Por él, perfecto! Bryn era perfecta, perfecta para él. Siempre lo había sido.

—No tengo palabras para decirte lo mucho... que me complace saber que para ti no ha habido nadie más, pero ahora deberías saber que no quiero tener una aventura contigo.

—De acuerdo –le respondió casi paralizada–. Soy tonta por haber pensado que aún querías –respiró hondo–. Ahora todo esto resulta algo embarazoso, pero no cambia nada de lo que he dicho...

—Bryn, ¿te sorprendería saber que yo también me enamoré de ti hace cinco años?

Se quedó petrificada y mirándolo con los ojos como platos.

—Es imposible; era regordeta, llevaba esas gafas tan poco favorecedoras y era tan torpe que me tropezaba con mis propios pies...

—Para mí eras voluptuosamente sexy –la corrigió con

firmeza–. Y tenías... y aún tienes... los ojos grises más preciosos que he visto en mi vida, con o sin gafas. Y tu ocasional falta de equilibrio me resultaba encantadora más que una torpeza. ¡Y siempre te deseé tanto que me costaba pensar! Solo tenías dieciocho años y eras demasiado joven para mí, pero te deseaba de todos modos. Me enamoré de ti de todos modos. Además, después de que arrestaran a tu padre y rechazaras todos mis intentos de hablar contigo, tenía motivos más que suficientes para pensar que me odiabas a muerte.

–Yo nunca te he odiado, Gabriel.

–Claro que sí.

–Odiaba la situación, no a ti, pero acepto que mi padre no era perfecto, ni mucho menos, y que fue el único responsable de lo que le sucedió. Gabriel, ¿qué hiciste hace cinco años para ayudarnos?

–¿De verdad tenemos que hablar de esto ahora?

–Sí.

–Pues preferiría no hacerlo –le respondió con un suspiro.

–Y yo preferiría que lo hicieras.

–Qué testaruda eres.

–¡Mira quién fue a hablar! Pero si no me lo dices, le pediré a mi madre que me lo cuente.

–Yo... yo pagué las costas legales de tu padre.

–¿Y qué más...?

–¿Es que te parece poco?

–¿Qué más, Gabriel?

Él apretó los labios antes de hablar.

–Le di a tu madre dinero suficiente para que os pudierais mudar a Gales. Quise darle más para pagarte la universidad, pero Mary no me quiso escuchar.

–¡Menos mal! –no se podía creer que las hubiera ayudado–. Sin duda, le haces honor a tu apellido.

–No vayas a ponerme una corona que no me corresponde, Bryn. Os ayudé porque alguien tenía que hacerlo.

–¿Y no tuvo absolutamente nada que ver con el hecho de que te hubieras enamorado de la hija con sobrepeso de William Harper? –bromeó con un nudo de emoción en la garganta al ver qué clase de hombre era, y siempre había sido, Gabriel.

–«Voluptuosamente sexy», que es exactamente cómo te pondrás cuando estés embarazada de nuestro hijo. Porque espero que quieras hijos.

–Deja de cambiar de tema.

–Solo imaginarte rellenita y embarazada, con los pechos tan grandes que te rebosen por encima del sujetador hace que me excite...

–¡Gabriel! –dijo levantándose bruscamente.

–¿Demasiada sinceridad para ti?

No la suficiente. ¡Ni por asomo!

–¿Y cuándo, exactamente, pretendes que tengamos un hijo?

–Creo que por el bien de Rhys y de tu madre, y de mis padres, deberíamos esperar hasta después de casarnos.

–¿Casarnos? –gritó ella.

–Casarnos –le confirmó él con rotundidad.

–Pero si querías una aventura.

–Diste por hecho que quería una aventura. Cuando volvimos a encontrarnos hace cuatro semanas y, obviamente, no podía quitarte las manos de encima, decidí aceptar lo que estuvieras dispuesta a darme. Pero si vamos a ser sinceros, deberías saber lo enamoradísimo que estoy de ti, más aún que hace cinco años, y que no me conformaré con menos que ser tu marido.

Se vio embargada por una felicidad tan grande que

le pareció que explotaría si intentaba contenerla. Gabriel la quería. Siempre la había querido. Quería casarse con ella. ¡Tener hijos con ella!

—Aún no me lo has pedido —le recordó con la voz entrecortada.

—He aprendido que a veces es mejor no pedirte las cosas.

—Prueba a ver.

Gabriel miró intensamente las brillantes profundidades de sus ojos y se fijó en el rubor de sus mejillas y en esos sensuales labios ligeramente separados.

—¿Quieres casarte conmigo, Bryn?

—Oh, sí, Gabriel. ¡Sí, sí, sí! —se abalanzó sobre sus brazos—. ¡Cuando y donde quieras!

—Lo antes posible —respondió abrazándola con fuerza.

—Ya hemos malgastado cinco años, no quiero perder más tiempo, ¡quiero pasar el resto de mi vida diciéndote y demostrándote cuánto te amo y que siempre te amaré!

La invadió la felicidad al imaginar el futuro, toda una vida con Gabriel, años y años juntos durante los que se demostrarían y se dirían cuánto se amaban.

* * *

Podrás conocer la historia de Raphael D'Angelo en el segundo libro de la serie *Angelicales y crueles* **del próximo mes titulado:**
UN DESAFÍO PARA DOS

Bianca.

Se dejaron llevar por la pasión en Turquía

Lily no podía creer la suerte que había tenido de conocer a Rauf Kasabian en el sofisticado bar londinense en el que trabajaba, y de que ese encantador magnate turco quisiera seducirla. Pero entonces Rauf la vio salir de un hotel con otro hombre y, muerto de celos, regresó a Turquía y prometió no volver a verla. Dos años después, volvieron a encontrarse y sintieron tanta pasión como la primera vez. Aunque él seguía sin confiar totalmente en esa bellísima mujer, sabía que debía convertirla en su esposa...

Échale la culpa al amor

Lynne Graham

Acepte 2 de nuestras mejores novelas de amor GRATIS

¡Y reciba un regalo sorpresa!

Oferta especial de tiempo limitado

Rellene el cupón y envíelo a
Harlequin Reader Service®
3010 Walden Ave.
P.O. Box 1867
Buffalo, N.Y. 14240-1867

¡Sí! Por favor, envíenme 2 novelas de amor de Harlequin (1 Bianca® y 1 Deseo®) gratis, más el regalo sorpresa. Luego remítanme 4 novelas nuevas todos los meses, las cuales recibiré mucho antes de que aparezcan en librerías, y factúrenme al bajo precio de $3,24 cada una, más $0,25 por envío e impuesto de ventas, si corresponde*. Este es el precio total, y es un ahorro de casi el 20% sobre el precio de portada. !Una oferta excelente! Entiendo que el hecho de aceptar estos libros y el regalo no me obliga en forma alguna a la compra de libros adicionales. Y también que puedo devolver cualquier envío y cancelar en cualquier momento. Aún si decido no comprar ningún otro libro de Harlequin, los 2 libros gratis y el regalo sorpresa son míos para siempre.

416 LBN DU7N

Nombre y apellido	(Por favor, letra de molde)

Dirección	Apartamento No.

Ciudad	Estado	Zona postal

Esta oferta se limita a un pedido por hogar y no está disponible para los subscriptores actuales de Deseo® y Bianca®.
*Los términos y precios quedan sujetos a cambios sin aviso previo.
Impuestos de ventas aplican en N.Y.

SPN-03   ©2003 Harlequin Enterprises Limited

Deseo

SEDUCCIÓN Y MISTERIO

YVONNE LINDSAY

Sophie Beldon había empezado a trabajar para Zach Lassiter desde que su jefe había desaparecido, pero Zach llevaba una temporada actuando de manera muy misteriosa y Sophie se preguntaba qué estaba ocultando. ¿Estaría involucrado en la desaparición?

El problema era que Sophie se había sentido muy atraída por Zach desde la primera vez que lo había visto. Así que cuando había decidido seducirlo para descubrir sus secretos, tal vez se había engañado a sí misma acerca de sus motivos. Porque la pasión que encontró entre sus brazos hizo que rezase para que sus sospechas fuesen infundadas.

Un jefe enigmático...

Bianca.

El bienestar de un reino… a cambio de su felicidad

Traicionada por uno de sus seres más queridos, Honoria Escalona debía enfrentarse ahora al único hombre capaz de llevar la estabilidad al mediterráneo reino de Mecjoria, un hombre frío y duro, que una vez había sido su amigo: Alexei Sarova, el verdadero rey del país.

Pero el tortuoso pasado de Alexei lo había convertido en un extraño. Culpaba de sus desgracias a la familia de Ria y, cuando él le ofreció su ayuda, puso una condición: que solo aceptaría el trono si ella se convertía en su reina y le daba un heredero.

A cambio de su felicidad

Kate Walker